새드엔딩은
없다

새드엔딩은 없다

초판 1쇄 발행 2020년 11월 30일
초판 4쇄 발행 2023년 10월 25일

지은이 강이슬
펴낸이 권미경
편 집 조혜정
마케팅 심지훈, 강소연, 김재이
디자인 ROOM 501
펴낸곳 ㈜웨일북
출판등록 2015년 10월 12일 제2015－000316호
주소 서울시 마포구 토정로 47 서일빌딩 701호
전화 02-322-7187 **팩스** 02-337-8187
메일 sea@whalebook.co.kr **인스타그램** instagram.com/whalebooks

소중한 원고를 보내주세요.
좋은 저자에게서 좋은 책이 나온다는 믿음으로, 항상 진심을 다해 구하겠습니다.

「이 도서의 국립중앙도서관 출판예정도서목록(CIP)은
서지정보유통지원시스템 홈페이지(http://seoji.nl.go.kr)와
국가자료공동목록시스템(http://www.nl.go.kr/kolisnet)에서 이용하실 수 있습니다.
(CIP제어번호: CIP2020048418)」

새드엔딩은
없다

강이슬 지음

whale 🐋 books

뒤로 구르는 인생

앞구르기는 잘 하는데 뒤로 구르기는 못한다. 앞구르기는 하나도 어렵지 않다. 마음만 먹으면 군더더기 없이 춤을 추듯 우아하게 구를 수도 있을 것이다. 그러나 같은 자세로 앉아 뒤로 구르는 것은 두렵다. 너무 두려운 나머지 차라리 두 눈을 꽉 감게 된다. 비장하게 눈을 감은 뒤에는 반도 구르지 못하고 고장 난 오뚝이처럼 좌로 우로 픽픽 쓰러진다.

내가 뒤로 구르기를 못하는 이유는 뒤통수에 눈이 달리지 않아서다. 앞으로 구를 땐 어디쯤에 착지 할지 미리 가늠할 수 있지만 뒤로 구를 땐 진행 방향을 볼 수 없다. 시야가 닿지 않는 낯선 세상에 몸을 무작정 집어 던지는 행위인 것이다.

산다는 게 뒤로 구르기처럼 느껴진다. 내다볼 수 없는 다음이 못미덥고 두렵지만, '에라 모르겠다'는 심정으로 두 눈 꼭 감고 아리송한 미래에 나를 냅다 던져버리는 것 같다. 잘 알고 있으므로 더 잘 살 수 있는 어제로 갈 수 있다면 좋겠다만 방법을 모르니 별 수 없다. 숨이 붙어 있는 한 계속해서 모르는 곳을 향해 굴러야 할 것이다.

최선을 다해서 굴렀는데도 엿 같은 미래에 착지할 때가 있다. 그래도 괜찮다. 다시 굴러 빠져 나올 거니까. 내 인생이 한 편의 영화라면 이 영화의 감독과 작가와 주연 배우는 모두 나의 역할이다. 나는 내 몫에 책임을 지고 이 영화를 이루는 수많은 에피소드를 기필코 거지같은 결말로 끌고 가지 않겠다. 이따금 찾아오는 우울과 무력감과 분노와 한탄은 그저 짧은 시퀀스에 불과하다. 끈적거리고 불쾌한 감정의 늪에 발이 빠질 때마다 그 사실을 기억하려고 애쓴다. 그러면 이 또한 다 지나갈 것이라고 스스로를 다독이며 좀 담담해질 수 있다. 간혹 아무리 굴러도 엿 같은 상황이 그야말로 엿가락처럼 길고 끈덕지게 내 발목을 접고 늘어질 때면 나는 감독과 작가와 주연배우의 권한으로 영화 장르를 블랙코미디로 바꾼다. 그러면 내 인생이 바란 적 없는 방향으로 꼬이고 휩쓸리며 엉망진창으로 돌아가는 게 좀 웃겨 보인다. 우는 대신 웃다 보면 과연 어디까지 웃길 작정인지 기대되기까지 한다.

　슬픔 몰래 허리에 번지 줄을 매달아 놓았다. 뭣 모르고 일단 굴러보는 인생이라지만 결코 슬픔의 나락으로는 떨어지지 않을 작정이다. 번지 줄은 행복한 기억과 행복할 욕심으로 빚었다. 튼튼하고 탄성이 좋아서 혹여 벼랑 끝으로 떨어지더라도 잠깐의 스릴을 맛보고 금세 튕겨 올라올 수 있을 것이다. 세상이 버거울수록 나는 악을 쓰고 씩씩해지겠다. 씩씩하게 웃으며 달려드는 불행들을 축구공처럼 뻥뻥 차버리겠다. 차버릴 힘이 남아 있지 않은 날엔 손톱을 세워 꼬집기라도 하겠다. 절대로 당하고만 있지는 않을 것이다. 나에겐 내 인생을 구할 책임이 있다. 나는 나를 나에게 맡긴다. 행복이 저절로 찾아오지 않는 거라면 나는 몇 번이고 픽픽 쓰러지면서도 뒤로 굴러 행복을 찾아내겠다. 찾아낸 행복을 손아귀에 쥐겠다. 내 인생은 우아하진 못할지언정 기어코 행복할 것이다. 그러니 새드엔딩은 없다. 나는 안다.

2020년 11월, 강이슬

2부 어설픈 마음은
언젠가 무르익는다

3부 언제나 어려서
언제나 어려운

1부

각별한
애착의 까닭

어쨌든 우리의 텃밭은
아름다울 것이다

    얼마 전 지긋지긋하고도 아름다웠던 망원동의 옥탑방을 떠나 불광동 2층 주택의 1층으로 터를 옮겼다. 이 집에서 가장 마음에 드는 공간은 우리만 쓸 수 있는 작은 마당이다. 마당 안쪽에는 주차장 두 칸만 한 텃밭이 있는데 그 작은 텃밭에 엄청나게 큰 목련나무가 있다. 목련나무의 키는 2층 주택보다 훨씬 크고, 하늘을 잘게 조각내며 뻗은 수많은 가지마다 목련꽃 봉우리가 빼곡하다.

    옥탑에서 사용했던 캠핑 의자를 목련나무 앞에 펼치고 앉아서 텃밭을 찬찬히 둘러보았다. 커다랗고 못생긴 돌들이 반쯤 썩은 낙엽더미에 듬성듬성 박혀 있었고 깨진 화분들이 아무렇게나 널려 있었다. 언제, 어떻게 쓰였는지 가늠하기 어려운 커다란 개집은 지붕이 아래로 박힌 채 텃밭 한가운데에서 낡아가고 있었다. 전에 살았던 세입자는 딱히 신경 쓰이지 않아서 이 상태로 2년을 살았다고 했는데 나는 절대로 그럴 수 없다. 언젠가 한번은 우리 엄마가 이 집에 올 텐데 텃밭을 본 엄마의 반응이 두 눈에 훤하기 때문이다. 엄마는 "시상에 귀신 나오게 생겼다." 이 한마디를 시작으로 당장에 두 팔을 걷고 돌리며 깨진 화분 조각들을 부지런히 치운 뒤 양질의 흙까지 한 포대 사다 깔겠지. 날이 좋다면 꽃씨도 뿌릴 것이다. 텃밭을 정리하는 내내 이번에도 멀끔하고 좋은 곳으로 이사 가지 못했다고 내 걱정을 할 것이 분명하다. 나보다 두 뼘은 작은 엄마가 서울까지 와서 안 해도 될 딸 걱정에 온몸에 흙을 묻히는 모습을 보느니 제대로 날을 잡고 내 손으로 텃밭을 정리하는 편이 몸도 마음도 훨씬 더 편하다.

그것도 그렇고, 사실 나는 텃밭 가꾸기에 오랜 로망이 있다. 볕이 안 드는 고시원과 반지하에서 20대의 절반 이상을 보내며 품게 된 로망이다. 작은 화분 하나 마음 놓고 기를 수 없었던 그때의 나는 훗날 볕이 잘 드는 곳으로 이사를 간다면 작은 텃밭을 꾸려야겠다고 생각했다. 옥탑으로 이사 한 첫 해

여름에 고향집에서 씨앗 몇 봉지를 챙겨왔다. 냉동식품을 주문할 때 딸려 왔던 스티로폼 포장박스 아래에 구멍을 뚫어 흙을 채운 뒤 씨앗을 뿌리고 싹이 트기를 기다렸는데, 며칠 바빠서 신경을 못 쓴 사이에 다 말라 죽고 말았다. 씨앗이 움트기에는 옥상이 지나치게 뜨거웠던 것이다. 그늘 한 점 없는 시멘트 옥상은 나 같은 초보가 뭔가를 꾸준히 살려놓기에는 좀 척박한 환경이었다. 이제는 스티로폼 박스에 얄팍하게 깔린 흙이 아닌 진짜 밭이 생겼으니 어쩌면 정말로 뭔가를 기를 수 있지 않을까.

박에게 3월쯤 날이 풀리고 얼었던 흙이 녹으면 텃밭을 갈고 시장에서 비료를 사다 깔자고 말했다. 텃밭 안쪽에는 고추와 오이, 방울토마토와 상추를 심고 바깥쪽에는 꽃씨를 뿌리자고. 박은 고개를 끄덕거리며 다 좋은데 오이는 싫으니 심지 말자고 했다. 우리가 정말 오이를 길러먹을 수 있다는 믿음에서 나온 제안이었으므로 기쁘게 알았다고 대답했다.

부숭부숭한 쥐색 꽃봉오리만 빽빽한 목련나무 아래에 앉아 폐허에 가까운 텃밭을 보며 곧 흐드러질 목련꽃과 우리가키워낼 풍성한 작물들을 이야기했다.

박이 물었다.

"그런데 우리가 잘할 수 있을까?"

"아니."

"그치, 우리 못할 것 같아."

"응. 지금보다 더 쓰레기장 되는 거 아니냐. 2층 주인집에서 텃밭이 이게 뭐냐고 욕하면 어떡하지…?"

"그래도 그냥 할까?"

"그래, 그냥 하자."

"망하면…."

"망하면 치우고 다시 심지 뭐."

"그래, 그것조차 망하면 목련나무 거름 줬다고 생각하자."

만약 방울토마토가 한 알이라도 열리면 주인집과 반반 나눠먹자고 말했다. 망하더라도 몇 번이고 다시 심다 보면 하나쯤 열릴지도 모르니까. 텃밭은 스티로폼 박스보다 훨씬 깊고 넓으므로 실패 몇 번쯤은 충분히 품어주고도 남을 것이다. 무엇보다 우리 텃밭에서는 목련나무가 자란다. 봄이면 틀림없이 꽃 피우는 목련나무 덕에 어쨌든 우리의 텃밭은 아름다울 것이다.

우리에게 망해도 괜찮은 것이 생겨 기뻤다. 망해도 괜찮다는 이상한 안심은 몇 번이고 다시 시작하게 하는 용기이기도 하니까.

기분의 근거

수건을 바꿨다. 자취한 지 10년 만에 처음 있는 일이니 나로서는 큰 이벤트가 아닐 수 없다. 2015년부터 박과 함께 살면서 각자 자취할 때 쓰던 수건들을 같이 쓰게 되었는데 수건만큼 교체 시기가 애매한 것도 없어서 지금까지 쓴 게 벌써 10년이 넘었다(따지자면 자취를 시작할 때 각자 집에서 쓰던 헌 수건을 챙겨온 것이므로 실제 수건의 세월은 가늠할 수 없다). 사실 박과 함께 사는 동안 해마다 수건 교체의 건이 발의됐는데 그럼에도 여태 바꾸지 않았던 이유는 제안하는 사람만 있었을 뿐 시원하게 결정해주는 이는 없어서였다.

"우리 수건 바꿀까?"

"그래 우리 수건 바꿀 때 됐지?"

"언제 바꿀까?"

"그러게 언제 바꿀래?"

월세 내기도 빠듯해 앓는 소리를 하는 주제에 수건 좀 해졌다고 새것으로 바꾸는 일이 엄청난 사치처럼 느껴져서 차라리 매일 몸을 닦을 때마다 욕망과 현실의 간극을 실감하는 편이 속 편했다. 막상 수건을 주문하고 나자 클릭 몇 번으로 끝나는 이토록 간단한 일을 몇 년이나 망설이며 미뤄왔다니 무색하고 후련했다.

대망의 수건 교체의 날. 헌 수건들을 세탁해 건조대에 너는 데 한 장 한 장이 그야말로 역사였다. 이 수건은 박과 내가 집에서 셀프 염색을 한 날 갈색 얼룩이 진 수건, 저 수건은 전 남자 친구와 여행 갔을 때 뒤바뀐 수건, 그 수건은 강아지 전용 수건인데 동생이 자꾸만 착각하고 제 몸을 닦던 수건. 수건 한 장 널 때마다 그에 얽힌 이야기보따리를 풀며 있는 줄도 몰랐던 수건 정을 새삼 확인했다. 하긴, 10년이 넘도록 아침저녁마다 맨몸에 닿았던 물건인데, 정이 들지 않았다면 수건으로서도 참 섭섭한 일일 것이다. 깨끗이 세탁한 헌 수건은 우리 집을 떠나 필요한 곳에서 쓰임을 다할 것이다. 고맙고 딱하다. 그러고 보면 무생물에 시나브로 스미는 정은 어째서 꼭 바꾸거나 버릴 때가 되어서야 자각하게 되는 건지 모르겠다.

그럴듯한 가구를 새로 들인 것도 아니고 고작 수건 하나 바꿨을 뿐인데 일주일 내내 들떴다. 크기도 색깔도 제각각이었던 헌 수건들 대신 같은 두께와 같은 색깔의 수건들로 빼곡히 채워진 수건장은 아침저녁으로 소소한 기쁨을 줬다. 새 수건의 도톰하고 포근한 촉감은 씻은 후에도 또 씻고 싶게 했다. 무엇보다 얼마간의 기쁨을 보장받은 듯 마음이 든든했다. 박도 나와 비슷한 강도의 행복을 맛보는 눈치였다.

행복이라는 것은 이토록 참 대단치 않은 순간에 찾아온다. 살면서 알게 모르게 흘려온 실수들과 오점들로 얼룩덜룩해진 인생을 통째로 갈아엎어야지만 비로소 행복해질 수 있을 거라고 믿었던 때가 있다. 지난 일에 대한 후회만으로도 숨이 가빠 현재를 대충 메꾸듯 살았던 때가 있다. 삶은 되감기와 빨리 감기 없이 정속으로만 플레이되는 정직하고 생생한 현장일 수밖에 없어서 일찍이 놓친 행복을 아까워하거나 과거에 저지른 실수를 후회하는 사이에 지금의 행복을 놓치게 된다. 이 사실은 나도 너도 남도 다 아는 너무 뻔한 진리인데도 나는 대단한 성인이 아니므로 자주 행복을 놓치며 평범하게 산다. 허나 다행스럽게도 이제는 아주 작은 기쁨을 행복으로서 확장시킬 줄 안다.

기쁜 순간, 그 속에 오래오래 멈춰 있고 싶지만 어차피 인생에 일시정지 기능 따위는 없다. 대신 해당 시퀀스를 파고들며 늘린다. 바뀐 건 수건 몇 장이지만 이를 통해 과거보다 나아진 내 처지를 알아본다. 최소한 새 수건 몇 장만큼이라도 발전하는 삶을 살고 있다고 생각하면서 내 삶 앞에 떳떳해한다. 새 수건의 포근함을 샅샅이 누리며 행복하다는 말을 내뱉는다. 별것 아닌 일에도 행복해하는 자신을 칭찬한다. 어느 순간 내가 수건 때문에 행복한 건지 아니면 원래 행복한 사람이라 수건에도 이토록 기뻐하는 건지 잘 구분할 수 없게 된다.

밍키를 기리며

뭔지는 모르겠다만 아무튼 망한 게 확실하다는 강렬한 확신과 함께 눈을 떴다. 한편으로는 망하지 않았을지도 모른다는 기대를 사실 했다. 술에 거하게 취해서 들어온 다음 날 아침이면 엄청난 농도의 괜한 불안함 때문에 눈이 번쩍 떠지는 일이 종종 있으니까. 눈을 뜨는 동시에 숙취가 머리를 부술 기세로 달려들어서 다시 눈을 감았다. 토할 것 같아 가슴을 쓸어내렸더니 맨살과 젖꼭지가 만져졌다. 씨발? 왜 벗고 있지? 두통을 눈꺼풀 뒤로 밀어내며 억지로 눈을 뜨고 주변을 살폈다.

칠이 벗겨진 화장실 문, 빛이 들어오지 않는 창문, 습기에

뒤틀려 제대로 닫히지 않는 장롱 문짝, 하수구 썩은 내. 그리고 옆에 널려 있는 박과 김. 안도의 한숨을 쉬었다. 내가 사는 따뜻하고 아늑하고 가난한 반지하였다. 언제 어떻게 들어온 걸까. 얼굴을 쓸었더니 말라 부스러진 마스카라가 손에 묻어났다. 속이 역했다. 신트림이 나왔다. 트림에서 데킬라 냄새와 담배 냄새가 났고 온몸이 욱신거렸다. 입을 벌리고 잤나 보다. 입안의 혀와 피부와 잇몸들이 자기들끼리 짝짝 말라붙어 한 덩어리가 된 것 같았다. 입안 구석구석을 혀로 쓸었다. 보통 때보다 훨씬 무겁고 두꺼운 혀가 어금니 안쪽을, 아랫니와 입술 사이를 찐득한 구렁이처럼 돌아다니다 윗니에 가닿았다. 따뜻하고 말랑한 쇠를 핥는 듯한 생경한 촉감과 맛, 싸한 비린내.

"?"

윗니 네 개가 없었다.

역시 망했구나. 내 그럴 줄 알았다니까!

손거울을 찾기 위해 테이블 위를 더듬었다. 거울보다 먼저 조약돌 부스러기 같은 것들이 손에 잡혔다. 윤기 없이 퍼석하게 부서진 내 치아들이었다. 입과 코만 간신히 비추는 조그마한 손거울을 보고 입을 벌렸다. "이-""아-""에-"를 차례대로 발음해보았다.

윗니가 필요치 않은 모음임에도 앞니의 빈틈으로 소리들이 새어 나가는 것처럼 느껴졌다.

부서진 이 조각을 원래 있어야 할 자리에 가져다 대었다. 잇몸에 붙어 있는 반조각의 이와 아귀가 꼭 맞아떨어졌다. 이를 앙다물고 혀를 내밀어보았다. 분홍색 살덩어리가 앞니의 부재를 놀리듯 빼꼼 삐져나왔다. 울고도 싶었고 웃고도 싶었다.

전날 밤, 찌찌친구 김이 오랜만에 서울로 놀러 왔다. 박과 나와 김은 운동화 신은 발을 힘차게 구르며 홍대 클럽거리를 걸었다. 미리 인터넷으로 찾아본 술집에서 소주 세 병을 빠르게 비웠다. 계산을 하고 밖으로 나오니 여기저기에서 '무료 입장! 프리 드링크!'를 외쳐대는 내 또래의 호객꾼들이 있었다. 이른 시간이었지만 지하에 있는 한 클럽으로 들어갔다. 우리뿐이었다. 개다리 춤과 마빡이 춤을 추며 아무렇게나 놀고 데킬라를 세 샷씩 마셨다. 한 시간 정도를 놀다가 음악이 질려 밖으로 나갔다. 나가자마자 다른 장르의 음악이 여기저기에서 쏟아졌다. 그중 가장 시끄러운 클럽으로 빨려 들어갔다. 그곳에서는 데킬라를 세지 않고 들이켰다.

시끄럽고 어둡고 붐비는 클럽 안에서 한참을 놀다가 정신을 차려보니 박이 없었다. 박을 찾기 위해 김과 함께 바깥으로 나오니 박이 남자 친구와 함께 있었다. 우리는 인사도 하고 이야기도 할 겸 술집으로 자리를 옮겼다. 처음 보는 박의 남자 친구와 오랜만에 만난 십년지기 친구라도 되는 것처럼 별의별 이야기를 쏟아내며 소주를 몇 병이나 뚝딱뚝딱 비웠다. 번뜩 정신을 차려보니 이번에는 김이 없었다. 이것들은 말도 없이 왜 자꾸 사라지는 걸까. 김을 찾아 무작정 바깥으로 나갔다. 다행히 술집과 멀지 않은 어떤 옷가게 앞에서 쪼그려 앉아 있는 그를 찾았다.

"야!"

김을 흔들었다. 고개를 든 김의 취한 얼굴에 졸음이 한 가득이었다.

"야, 춥다. 들어가자. 박이랑 박의 남자 친구가 걱정해."

"싫어. 여기 있을 거야."

"왜 싫어. 들어가자. 여기서 자면 입 돌아가."

김을 억지로 일으켰다. 김이 제발 자기를 내버려두라며 다시 바닥에 주저앉아서 술집으로 돌아가기를 완강하게 거부하였다. 춥고 무겁고 짜증이 나서 눈물이 났다.

"왜 들어가지 않겠다는 거야! 여기서 잠들면 큰일 난단 말이야!" 울면서 김의 팔을 강하게 잡았다.

"아 싫다고! 너랑 안 간다고! 왜 그러냐고! 이거 놔!" 김도 울며 나보다 더 센 힘으로 내 팔을 뿌리쳤다.

우리는 이름 모를 옷가게 앞에서 눈물 콧물 바람으로 한참을 실랑이했다. 지나가던 수많은 사람이 우리를 쳐다보았다. 나는 너무 지치고 추워서 결국 김을 그곳에 버리고 혼자서 술집으로 돌아왔다. '짤랑' 술집 문을 열고 씩씩대며 들어오는 나를 박과 박의 남자 친구와 김이 쳐다보았다. 박의 맞은편에 앉아 있는 김에게 내가 물었다. 김도 나에게 똑같이 물었다.

"뭐야?"

김은 잠깐 화장실에 다녀왔을 뿐이랬다. 나는 도대체 누구를 붙잡고 울다 온 걸까.

소주를 몇 병 더 비웠다. 기분이 찢어지게 좋았다. "5차 가자! 5차!"

활짝 웃으며 앞장을 섰다. 붕 뜬 기분으로 가게를 나서다가 보이지 않는 결계에 세게 부딪혀 뒤로 튕겨 나갔다. 어안이 벙벙했다. 엉덩이를 털고 일어나 앞을 더듬었더니 잘 닦인 유리창이 만져졌다. 유리창에 내 화장이 찍혀 있었다. 립스틱이 꼭 웃는 모양이었다. 나를 비웃는 것 같았다. 그러면 내가 나를 비웃는 건가? 어이가 없어서 웃음이 났다.

넘어진 나를 보고 배를 잡고 웃던 박이 간신히 웃음을 멈추고는 괜찮냐고 물었다.

나는 깔깔 웃으며 유리창에 찍힌 내 화장을 가리켰다.

"이것 봐 웃기지 않냐."

그 순간 만화영화의 한 장면처럼 후두둑, 앞니 네 개가 떨어져 나갔다. 핏방울도 후두둑. 박의 얼굴이 일그러졌다. 이내 박의 눈에서 눈물이 후두둑. 박이 비틀거리며 휴대폰을 찾아 내 남자 친구에게 전화를 걸었다.

새벽 4시였다.

"오빠, 이슬이가요 엉엉, 얼굴에서 피가… 흑흑… 얼굴이… 깨졌는데… 흑흑, 피가… 다 부서지고 박살이 나서요."

도대체 무슨 말이냐고 재차 되묻는 애인의 긴박한 목소리가 박의 전화기 너머로 들렸다.

"뭐? 이슬이 얼굴이 다 박살났다고? 울지 말고 천천히 얘기해봐!"

아… 모르겠고 졸려서 돌아버릴 것 같았다. 바닥에 떨어진

이를 모아 손에 쥐었다. 술기운에 흐려진 시야 덕분에 하얀 앞니들이 어룽어룽 살아 움직이는 것처럼 보였다. 제일 큰 조각에 이름을 붙여주었다.

"밍키야. 너가 대장이다. 나머지 셋은 쪼올병들!"

잠에서 깬 박과 김이 거울을 들여다보며 열심히 메롱 중인 나를 보고 물었다.

"괜찮냐?"

박에게서 할아버지 냄새가 났다. 쟤는 왜 데킬라를 마신 다음 날에도 신 김치에 막걸리를 먹은 노인 냄새가 나는 걸까 잠깐 동안 의아했다. 김이 내 앞니를 보고 어떡하냐고 걱정했다. 걱정하는 눈과 비실비실 웃는 입매가 한 얼굴에 있었다. 나는 깨진 앞니가 보이게 셀카를 몇 장 찍은 후 중국집에 전화를 걸었다. 일단은 배가 고팠다.

"안녕하헤요. 여기 짠뽕 하나낭 탕후육 호땨리랑 따댱면 하나요."

다음 날 혹시나 하는 희망을 안고 밍키와 쫄병들을 데리고 치과에 갔는데 붙일 수 없다는 대답을 들었다. 어쩔 수 없이 없는 형편에 거금을 들여 가짜 앞니를 붙였다. 전보다 더 가지런해진 가짜 앞니를 핥으며 뜨겁게 다짐했다. 다시는⋯ 다시는 그렇게 엉망으로 취하지 않으리.

　그때 이후로 간단히 맥주만 마시더라도 혀로 앞니를 더듬는 버릇이 생겼다. 허무하게 가버린 밍키와 쫄병들을 기리며 목구멍을 잠그는 것이다.

부활하는 사랑

널 사랑하겠어 언제까지나

널 사랑하겠어 지금 이 순간처럼

이 세상 그 누구보다 널 사랑하겠어

동물원의 '널 사랑하겠어'라는 노래다. 한때는 이 노래의 가사를 믿었다. 언제까지나 지금 이 순간처럼 사랑할 수 있는 능력이 내게는 있다고 자신했다. 그런데 이제는 이 가사를 의심한다. 아니, 부정한다. 세상에 영원하고 한결같은 사랑은 없다. 나는 사랑을 너무 사랑해서 사랑 없는 세상을 사랑할 수 없는 사람이지만 그럼에도 사랑의 영원불변함만큼은 믿고 싶지 않다. 그걸 믿는 순간 사랑이 너무 고달파지기 때문이다.

사는 동안 여러 번의 이별을 했다. 이별 앞에서 나는 한 번도 빠짐없이 퀭하고 볼품없는 사람이었다. 사랑이 어떻게 나를 배신할 수 있느냐고 악다구니를 쓰며 울었다. 너무 오래 울어서 나중엔 울음이 우는 건지 내가 우는 건지 헷갈렸다. 남들 것보다 유독 더 긴 밤을 지새우며 이별의 원인을 좇았다. 언제나 명쾌한 해답은 없었다. 그래서 아침이 올 때까지 스스로를 후벼 파며 다시는 사랑 따위 하지 않을 거라고 다짐했다.

그 짓을 몇 번 하고 나자 나는 사랑 앞에서 조금 염세적인 사람이 되었다. 이전처럼 마음껏 황홀하지 못하고 자꾸만 커지려는 마음을 꽁꽁 묶느라 바빴다. 어차피 끝날 사랑에 최선을 다하는 건 바보들이나 하는 짓 같았다. 사랑하는 것도 아니고 안 사랑하는 것도 아닌 이상한 감정으로 한참을 연애하면서도 나는 내가 똑똑한 거라고 자위했다. 그런 식의 사랑이 처음이라 서툴렀기에 얼마 못 가 이별했다. 그 이별은 전처럼 아프지는 않았으나 어딘지 뒤가 구렸다. 뭐가 잘못되었을까 오랫동안 찝찝해하다가 깨달았다. 나는 그동안 사랑이 아니라 헛짓거리를 했던 것이다. 사랑이 끝나는 게 뭐가 어때서 나는 그토록 몸을 사렸을까. 그제야 여러 번의 이별 후에도 멀쩡하게 살아 있는 내가 보였다. S가 떠올랐다.

내 친구 S는 첫사랑과 연애를 했다. 3년 동안 연애한 첫사랑과 헤어졌을 때 S는 죽고 싶었다. 그래서 밥도 안 먹고 물만 조금 마셨다. 급속도로 체중이 줄었고 자주 하늘이 핑 돌았지만 미어지는 가슴에 비하면 그런 건 아무것도 아니었다. 몇 주 동안 혹한기의 참새처럼 떨던 S는 결국 쓰러졌다. S의 입원 소식을 알게 된 그의 첫사랑이 찾아와 병상 앞에 무릎을 꿇고 울었다. S는 그보다 더 많이 울었다. 서로의 어깨가 서로의 눈물에 흠뻑 젖었다. 한참을 울다가 S는 눈을 떴다. 첫사랑은 없었다. 모든 것이 꿈이었다. 그가 현실로 돌아와 맨 처음으로 본 것은 대롱대롱 매달린 수액 주머니였다. S는 그 안에 든 투명한 물이 자신을 살릴까 봐 너무 두려웠다. 지체 없이 링거를 잡아 뜯었고 손등에는 보라색 피멍이 잡혔다. 불행히도 S가 입원한 병원은 너무 좋은 곳이었기 때문에 금방 간호사에게 들켰다. 간호사는 S의 반대쪽 손등에 링겔 바늘을 꼽으며 별 말 없이 지친 한숨을 내쉬었다. S는 간호사의 한숨을 다시 듣기는 죽기보다 싫어서 어쩔 수 없이 울면서 그 수액을 다 맞았다. 그 덕에 S는 죽지 않았다. 병원 밥을 꼬박꼬박 먹고 살이 오른 후에도 S는 이따금 끝난 사랑에 가슴이 아팠다. 그 텀이 점점 길어지다 어느 순간 아주 희미해졌다. 이제 그가 느끼는 고통이라곤 손등의 멍뿐이었다. 죽지 않고 퇴원한 S는 멍이 다 빠질쯤 다른 사랑을 시작했다.

사람은 강하다. 강하기 때문에 사랑처럼 뜨거운 것을 껴안고도 웃을 수 있는 것이다. 절절 끓는 사랑에 볼을 부벼도 거뜬한 사람이 축축한 이별 때문에 죽어버리는 것은 너무 말이 안 된다. S도 사람인지라 죽을 만큼 이별을 앓았어도 죽지는 않았다. 살았으므로 사랑은 부활했다.

S와 나는 왜 그토록 거지 같은 이별 후유증을 겪으며 스스로를 죽도록 미워했을까. 사랑의 목표가 사람의 능력치에서 한참이나 벗어났기 때문일 것이다. 영원이라니, 운명이라니. 공기도 물도 심지어 별자리도 바뀌는데 한낱 인간의 사랑이 변하지 않을 리가 있을까. 인간 주제에 신의 영역을 넘보다 벌 받은 것이라고 생각한다.

사랑은 어떤 방식으로든 끝난다. 그러나 사랑은 부활의 힘을 지녔다. 그 사실을 아니까 더 이상 이별이 두렵지 않다. 이별 따위 두렵지 않다 보니 더 깊어지는 마음에도 망설임이 없다. 그렇다고 이별 앞에 태연한가 하면 그건 또 아니다.

나는 동물원의 '널 사랑하겠어'는 더 이상 믿지 않지만 3호선 버터플라이의 '헤어지는 날 바로 오늘'은 믿는다.

> 헤어지는 날 바로 오늘
> 믿기 싫지만 바로 오늘
> (…)
> 가지 말라고 가지 말라고
> 매달려봐도 매달려봐도
> 가지 말라고 제발 가지 말라고
> 매달려봐도 소용이 없네

믿고 싶지 않아도 오늘은 헤어지는 날이다. 매달려봐도 소용이 없다. 이별은 원래 그런 것이다. 내 이별이 유독 더럽고 거지 같은 게 아니라 이별의 본질이 그렇게 생겨먹었다. 이별이 아픈 건 어쩔 수가 없다. 어쨌든 끝날 사랑에 어차피 아플 이별이라면 사랑하지 않고는 못살겠는 나는 사랑할 때라도 이득을 봐야겠다. 가진 사랑 다 주고, 받을 사랑 다 받을 작정으로 덤벼야겠다. 이왕이면 후회하지 않을 사랑을 위하여.

「인간기록 / 박 편」

박과 함께 산 지 올해로 6년째다. 반지하와 옥탑방에서 여러 해를 살며 볼꼴은 물론 안 볼꼴까지 다 본 우리는 얼마 전 함께 터를 옮겼다. 사는 동안 별 일이 없다면 아마 이곳에서도 2년의 계약기간을 함께 채우게 될 것이다. 이따금씩 우리가 꽤 오랜 시간 동안 함께 살고 있다는 사실을 떠올리면 뿌듯하다가 신기하다가 조금 가라앉는다. 함께 살아온 날보다 함께 살아갈 날이 더 적을 거라는 생각 때문이다. 어째서 좋았던 가까운 과거는 아득한 옛날 같고, 되도록 피하고 싶은 미래의 작별은 당장 코앞에 닥친 것처럼 느껴지는 걸까.

평생의 사랑을 맹세한 부부라도 살림을 합치면 싸운다던

데, 우리는 6년 동안 별 탈 없이 주로 행복했다. 박보다 더 잘 맞는 사람을 만나 살림을 꾸릴 확률은 아주, 아주, 아주 낮을 것이다. 열심히 연애 중인 박이 장난스럽게 결혼 이야기를 꺼낼 때면 나는 늘 진심 반 농담 반으로 발끈한다.

"야, 무슨 결혼이야. 나랑 같이 살자. 내가 열심히 일해서 돈 많이 벌게. 그럼 넌 그냥 발레나 배우러 다녀."

그러면 박은 설렌다는 표정을 과장되게 지어 보이며 "어머 자기야, 정말 멋져!"라고 대답하곤 지 애인이랑 통화하러 방으로 쏙 들어가버린다. 박 씨 애인을 둔 박의 뒤통수에 대고 동성동본이 부활해야 한다고 말도 안 되는 볼멘소리를 하지만 박의 대답은 돌아오지 않는다. 박과 함께 키우며 똥 수발과 밥 수발을 들고 있지만 엄연한 박의 강아지인 박호랑을 껴안으며 네 엄마 조만간 결혼할 것 같으니 우리가 헤어지는 날 최대한 덜 슬프도록 너랑 빨리 정을 떼어야겠다고 중얼거린다. 박이 내 얘기를 들으면 또 오버한다며 뭐라고 할 것이다.

나는 박과 함께했던 동고동락의 시간을 그저 '동락동락'으로만 기억할 수 있다. 제 아무리 농도 짙은 삶의 고난이라도 시간이라는 무지막지한 것에 섞이면 별 수 없이 희석되기 때문이다. 반지하 원룸의 하수구가 역류해 이불을 포함한 세간

살이가 오물에 젖었던 날, 옷 갈아입는 우리를 방범창 사이로 엿보던 윗집 아저씨와 눈이 마주쳤던 날, 옥탑방 건물주의 가족 싸움 때문에 보증금을 돌려주지 않을 거라는 협박을 받았던 날, 옥탑의 수도가 얼어 며칠을 목욕탕에 가 씻어야 했던 날. 따지고 보면 그런 속상한 날들이 훨씬 더 진하고 숱한데, 우리는 월급날 큰맘 먹고 마트에서 떨이하는 과일을 사 먹었던 얘기나 아무리 취해도 박을 위한 도시락은 꼭 싸고 잠들었던 내 술버릇, 《안 느끼한 산문집》 출간 날에 웃는 내 옆에서 울었던 박 이야기를 하며 웃는다. 아마 그 모든 날에 박이 없었더라면 지난 일을 추억으로 떠들며 웃기까지 몇 곡절의 시간이 더 걸렸을 것이다.

언젠가 일기장 세 장 정도를 박의 이야기로만 빼곡하게 채운 적이 있다. 사실 주변의 소중한 사람들을 오래오래 기억하고 싶어서 시작한 나름의 프로젝트였는데 생각보다 귀찮은 일이라 박의 이야기만 적고 끝내버렸다. 그래서 일기의 제목도 「인간기록 / 박 편」이다. 일기의 첫줄은 이렇게 시작한다.

박, 나랑 가장 오래 동거한 남, 가장 사랑하고 염려하는 내 친구.

만약 박이 내 일기를 훔쳐봤다면 (워낙 글 읽는 것을 귀찮아하는 애라 그럴 일도 없지만) 100퍼센트의 확률로 감동해 울었을 것이다. 사실 박은 참 별별 일로 잘 우는데 그 애가 우는 이유는 대부분 시시하고 어처구니가 없어서 사랑스럽다. 박을 잘 알고 있다고 생각하지만 그 애의 눈물 포인트만큼은 아직까지도 명쾌하게 설명할 수 없다. 사실은 평생 모르고 싶다. 언제까지나, 너는 도대체 왜 우는 거냐고 우는 애 옆에서 열심히 놀리는 역할이고 싶다. 그러다 보면 결국엔 박도 웃고 마니까.

「인간기록 / 박 편」의 첫 단락에는 밥 먹듯이 내 자랑을 하는 박에 대해 쓰여 있다. 그럴 수밖에 없었던 것이 박은 세상에서 내 자랑을 가장 많이 하는 사람이기 때문이다. 어제는 내 책이 중쇄를 찍었다며 동료들에게 자랑을 했고, 오늘은 내가 김치찌개를 할머니보다 맛있게 끓였다며 가족들에게 자랑을 하고, 내일은 내가 쾌변을 했다고 친구들에게 자랑할 애다. 나를 자랑한 이야기를 자랑처럼 꺼내는 박의 눈빛이 너무 진심이라 낯이 뜨거워서 넌 자랑할 게 나밖에 없냐고 공연히 핀잔을 주면 박은 너무도 당연하다는 듯 벅찬 얼굴로 대답한다.

"이슬아, 난 네가 진짜 자랑스러워."

이럴 때면 박은 약간 학창시절 유행했던 인터넷 소설의 순진하고 착한 여주인공 같다. 심지어 표정도 이모티콘 'ㅇ_ㅇ'을 닮았다. 박의 애주가적인 면모에 관해 쓰여 있는 단락도 있다. 일부를 옮겨 적어보자면 이렇다.

애는 술을 정말 좋아하는데 애석하게도 술은 애를 별로 좋아하지 않는다. 재수가 나쁜 경우엔 전날 마신 맥주 한 잔에도 심한 숙취를 앓는다. 한번은 박의 생일 전날 기분 냅답시고 와인을 마셨다. 다음 날 박은 하루 종일 앓았다. 침대에 누운 채로 생일을 날려버린 박에게 얼음물을 건네며 우리의 화려했던 전야제를 후회하느냐고 물었더니 후회할 힘도 없다고 대답했다. 박의 몸에서 쉰 막걸리와 김치 냄새가 났다. 전날 분명히 와인을 마셨는데도 말이다. 애는 술 마신 다음 날 약속처럼 쉰내를 펄펄 풍기며 술병치레를 하는데도 어째서 회식이며 술자리를 빠지지 않는 걸까. 알 수가 없다.

일기장에는 박이 가진 절대적인 장점들 또한 잔뜩 적혀 있지만 그 문장들에는 나의 애정이 좀 덜 묻어서 재미가 없다. 박이 내 앞에서만 보이는 어리석은 모습을 더 사랑하게 되는 건 도무지 어쩔 수가 없다. 「인간기록 / 박 편」은 박의 행복을 빌어주는 문장으로 끝이 난다. 착하고 씩씩하고 예쁜 박이 행복했으면 좋겠다고, 내일이 오늘보다 더 행복한, 그야말로 이상적인 삶을 사는 애가 박이었으면 좋겠다는 짧은 문장을 기도하는 마음으로 적는다고 쓰여 있다.

　이토록 사랑스러운 내 친구 박과 평생 함께 살 수는 없으니 언젠간 우리도 이 긴 동거의 마침표를 찍어야 할 텐데. 그날이 벌써부터 걱정이다. 박은 대학 시절 고작 3개월 같이 살았던 룸메이트와 헤어지는 날에도 짐을 정리하며 많이 울었다고 했다.

　"그냥 이상하게 눈물이 엄청 많이 나더라고."

　'그냥'이 눈물의 이유가 되는 애인데 아무래도 나랑 헤어지는 날엔 곡소리가 나지 않을까. 그날은 나도 많이 울어야겠다.

　아이고 아이고 너랑 같이 살아서 너무 좋았다. 아이고 아이고 진짜진짜 좋았다.

연애의 속도

    30년 가까이 솔로로 살아온 말야와 간헐적으로 솔로의 시간을 보낸 나는 참 많은 시간을 사랑 이야기에 할애했다. 어느 봄, 사랑하고 싶지만 사랑할 사람이 없었던 우리는 홍대를 걸으며 스치는 연인들을 복잡한 마음으로 바라보다가 역시나 사랑에 관한 이야기를 했다.

    "아 존나 사랑하고 싶다."

    말야가 한숨과 함께 토하듯 한마디를 뱉었다.

    '존나' 사랑이 하고 싶다니! 진심으로 가슴이 아렸다. 말야가 29년 동안 쌓아둔 사랑의 크기란 도대체 얼마나 거대할까. 가늠이 되지 않았다. 만약 사랑이 물성을 가진 어떤 것이었다면 애가 쌓아둔 사랑 재고는 한 번도 열리지 않은 어둡고 습한 마음의 창고 안에서 필히 다 무르고 썩어가는 중일지도 모르겠다고 생각했다.

"사랑에도 금융 상품이 있으면 얼마나 좋을까? 너 지금까지 못 쓴 사랑 다 적금 들어놓고 나중에 사랑하는 사람 생겼을 때 통장 꺼내서 보여주면 얼마나 좋아? '봐! 너만을 위해 이렇게 내가 사랑을 모아뒀어, 이자만으로도 평생은 행복할 수 있어.' 완벽한 프러포즈 아니냐?"

말야가 내 말에 맞장구를 쳤다.

"맞아, 나 사랑으로만 부의 값을 매기면 세계에서 제일 부자야 진짜."

나는 사랑에도 신용등급이 있다면 얼마나 좋겠느냐고 말했다. 그렇게 된다면 사랑하지 않으면서 사랑하는 척하는 사람을 편리하게 거를 수 있지 않을까. 내 말에 말야가 적극적으로 공감하며 덧붙였다.

"맞아, 소개팅에서도 '혹시 사랑 신용등급이 어떻게 되세요? 저는 1등급인데… 아… 파산이시라구요…? 안녕히 계세요.' 할 수 있을 거 아니야. 얼마나 깔끔해."

말야가 내 이상형이 뭐냐고 물었다. 나는 나 같은 사람이 이상형이라고 말했다. 연인에게 거짓말하지 않는 사람. 머리 아프게 계산하지 않고 사랑할 때는 그냥 사랑해버리는 사람. 그리고 많이 화끈하면서 약간 소심한 사람.

말야가 울상을 지으며 대답했다.

"나도 나 같은 사람 만나고 싶어."

문득 우리가 너무 변태처럼 느껴져서 웃었다. 말야와 나는 어쩌면 지독한 나르시시스트여서 연애를 못하는 것일지도 몰랐다. 서로의 외로움과 나르시시즘을 주제로 한참을 웃던 중에 갑자기 말야가 외로운 나를 두고 먼저 연애를 시작하면 어쩌지 싶었다. 얘까지 연애하게 된다면 나는 분명히 더 외로워질 터였다. 나는 새끼손가락을 내밀며 말했다.

"우리 같은 날에 연애 시작하자. 남은 사람이 외로워지지 않도록."

말야가 비장한 얼굴로 새끼손가락을 걸었다.

그다음 계절, 나는 연애를 시작했다. 애인이 된 남자애랑 잘 해보자고 악수를 하면서 말야 생각을 했다. 꼭 바람을 피우는 기분이었다. 사실 바람과 비슷한 종류의 배신이라고 볼 수도 있었다. 다음 날, 말야에게 전화가 왔다. 휴대폰 화면에

뜬 그 애 이름을 보고 마음이 무겁기는 또 처음이었다. 전화
벨이 울리는 잠깐 동안 연애를 시작하고 말았다는 이 비극적
(?)인 소식을 어떻게 전해야 하나 고민했다. 일단 잔뜩 미안
한 목소리로 전화를 받았는데 말야가 나보다 더 미안한 목소
리로 어제부터 연애를 시작해버렸다고 고백했다. 나는 터져
나오는 웃음 사이로 꾸역꾸역 내 연애 소식을 전했다. 우리는
이 상황이 정말로 변태 같아서 깔깔 웃었다. 하느님이 외로운
나르시시스트 둘을 불쌍히 여겨 같은 날 연애를 시작하도록
한 것 아닐까 의심하면서 첫 키스나 첫 섹스는 같은 날 하지
말자고 합의를 보았다. 어쨌든 서로의 연애를 순도 100퍼센
트의 진심으로 축하해줄 수 있어서 다행이었다.

　사랑에 취해 지내던 어느 날 말야에게 카톡이 왔다.

　– 너 나를 잊었구나? 행복하냐?

　나는 사랑하느라 너무 행복하고 심하게 바빠서 너를 생각
할 겨를이 단 1초도 없었다고, 그러나 전혀 미안하지는 않다
고 솔직하게 말했다. 말야도 마찬가지라고 대답했다. 없는 사
랑을 푸념하던 애랑 있는 사랑 얘기를 하려니 말도 못하게 좋

았다. 말야가 키스는 했냐고 물었다. 연애한 지 한 달이 넘어가는 마당에 이게 뭔 개소리인가 싶은 생각을 하느라 우리 사이에 5초 정도 정적이 흘렀다. 내가 믿을 수 없다는 목소리로 질문했다.

　－야, 키스 안 했나?
　－응… 넌 했어?
　－뭔 개소리야, 섹스를 지금 몇십 번 했는데.

　말야가 어떻게 그럴 수가 있느냐며 소스라치게 놀랐다. 그러면서 자기는 아직 포옹도 못했다고 했다. 그 말을 듣고 내가 더 소스라쳤다. 어디서부터 어떻게 시작해야 할지 모르겠다는 그 애 말을 들으며 이럴 줄 알았으면 첫 키스랑 첫 섹스도 같은 날 하자고 약속할 걸 그랬나 조금 후회했다. 나는 키스하고 싶은 건 맞느냐고 물었다. 말야는 그렇다고 대답하면서 그래도 아직 자는 건 조금 무섭다고 덧붙였다. 지난날 남자랑 섹스하고 싶다고 힘주어 말하면서 궁금한 체위들을 손까지 꼽아가며 헤아렸던 말야의 허세가 떠올라 비웃고 싶었지만 꾹 참고 말했다.

- 아직 포옹도 안 한 애가 뭘 자는 걸 걱정해. 그거 진짜 부끄러운 오버야.
- 그래도 자자고 그러면 어떡해?
- 안 자면 되지.
- 근데 오빠가 지나가는 말로 집에 놀러오라고 그랬다?
- 근데?
- 그럼 자자는 거 아니야?
- 한 달 동안 포옹도 안 한 사람이? ㅋㅋㅋ 그거 진짜로 집에서 놀자는 뜻일 걸? 네 남친 뽀로로야 혹시?

나름 심각하게 속앓이하는 애를 놀린 게 조금 미안해서 남자 친구가 잘 해주냐고 물었다. 말야는 남자친구가 꽈리고추 멸치볶음을 비롯한 여러 가지 반찬을 직접 요리해서 선물해줬다고 말했다. 꽈리고추 멸치볶음은 말야가 제일 좋아하는 반찬이었다. 그의 남자 친구는 엄청 좋은 사람임에 틀림없었다.

나는 연애의 속도는 사람마다 다 다른 것이니 너무 고민하거나 사서 걱정하지 말고 너의 속도에 맞춰 연애하라고 말하면서 너의 남자 친구는 만난 지 한 달도 안 되어서 꽈리고추 멸치볶음을 해주는 따뜻한 인간이니 염려 말라고 격려했다. 말야와 전화를 끊고 나니 벌써 애인과 만나기로 한 시간이 다 되어 있었다. 서둘러 신발을 신으며 가방에 든 소지품을 살폈다. 가방 안 주머니에 콘돔 하나가 들어 있었다. 나는 조금 망설이다가 다시 신발을 벗고 방으로 들어가 콘돔 한 갑을 추가로 챙겼다. 현관문을 닫으면서 하여튼 사랑은 할 때도 피로하고 안 할 때도 피로한 일이라고 생각했다. 그래도 확실히 사랑하며 피로한 쪽이 100배는 행복한 것 같았다.

아무리 마셔도
취하지 않는 날이 있다

에라 모르겠다는 심정으로 쏜에게 "술 마실래요?" 하고 물었다. 쏜은 안 그래도 큰 눈을 더 크게 떴다. 대답은 않고 망설이는 표정으로 눈동자를 데굴데굴 굴리는 쏜을 보고 있자니 거절당할까 봐 겁이 났지만 애써 여유 있는 척하며 "술 사줄게요." 했다. 쏜은 약간 말을 늘이며 대답했다. "그…럴까요?"

몇 개월 동안 거의 매일 보면서도 가벼운 이야기 한번 제대로 나눠본 적 없는 쏜과 가까운 술집에 자리를 잡고 앉았다. 마주보고 앉는 자리가 어색하고 긴장이 되어서 입이 자꾸만 말랐다. 그래서 계속 맥주를 마셨다. 우리는 첫 번째 술집에서 500시시 맥주잔을 각자 다섯 잔씩 비웠고 2차로 간 술집에서 500시시 맥주를 다섯 잔씩 더 마셨다.

각자 5,000시시의 맥주를 마셨음에도 왜인지 둘 다 전혀 취하지 않았다. 시간은 새벽 4시를 막 넘고 있었다. 경기도에 사는 쏜의 막차는 이미 끊긴 지 오래였다. 나는 무슨 용기였는지 마침 우리 집이 비었으니 자고 가라고 말했다. 쏜은 이번에는 망설이지도, 말을 늘이지도 않고 그러겠다고 대답했다. 우리는 천천히 내가 사는 옥탑방을 향해 걸었다.

내가 가진 옷 중 가장 커다란 옷을 꺼내서 쏜에게 건넸다. 내가 입을 때는 엉덩이를 덮고도 한참 아래로 내려오는 반팔 티셔츠가 쏜의 몸에는 예쁘게 잘 맞았다. 내 옷을 입고 우리 집 거실 소파에 앉아 있는 쏜의 모습은 그야말로 비현실적이었다. 나는 내 방에 쏜의 잠자리를 펴준 뒤 잘 자라고 말하고 박의 방으로 들어가 문을 닫고 잤다. 다음 날 아침, 일어나 휴대폰을 확인해보니 쏜에게 문자가 와 있었다. 새벽 6시쯤 그 애가 보낸 문자에는 '얘기 좀 하실래요? 잠이 안 와서요.'라고 쓰여 있었다. 불면증을 앓고 있다던 쏜의 말이 생각났다. 낯선 곳에서 자려니 더 힘이 들었을지도 모르겠다고 짧게 생각한 뒤 가스레인지를 켜 가자미조림을 데웠다. 가자미조림이 알맞게 익었을 때 자고 있는 쏜을 깨웠다. 까치집 머리를 한 약간 부은 얼굴의 쏜은 전날 새벽보다 몇 배는 더 비현실적이었다. 쏜 앞에 잠옷 차림으로 앉아 가자미조림을 흰밥에 올려 먹었다. 전날 술을 많이 마셨기 때문인지 입 안이 깔깔해서 아무 맛도 느껴지지 않았다. 수저를 내려놓고 쏜이 밥 먹는 것을 쳐다보았다. 쏜은 수저에 밥을 왕창 올려 한 입에 넣더니 가자미조림을 손톱만큼만 곁들여 먹었다. 다섯 살짜리 애처럼 밥을 먹는구나 생각했다.

"밥을 정말 크게 많이 먹네요. 반찬은 조금만 먹고요."

내 말에 쏜은 밥을 되게 좋아한다고 대답했다.

밥을 다 먹고 난 뒤 쏜은 샤워를 해도 되는지 물었다. 편하게 욕실을 쓰라고 대답했다.

쏜이 자리에서 막 일어났을 때 내가 노브라라는 사실을 깨달았다. 이게 지금 무슨 상황인지 이해하기 힘들었다. 몇 달을 목례만 하던 그냥 아는 사람과 잔뜩 풀어진 모습으로 아침밥을 같이 먹었다. 메뉴는 무려 가자미조림. 도무지 해석 불가능한 현실에 갸우뚱거리며 의아한 얼굴로 웃었다. 소파에 앉아서 쏜이 씻는 소리를 들으며 정말 이상한 상황임에 틀림이 없다고 생각했다. 샤워를 마치고 나온 쏜은 재워줘서 정말 감사하다고 인사하고 출근했다. 그 애가 출근을 한 뒤 호랑이를 끌어안고 한참 동안 소파에 멍하니 앉아 있었다.

그날 저녁 공짜 영화표가 생겨 쏜과 함께 영화를 보았다. 영화를 본 뒤 각자의 집으로 돌아간 우리는 새벽까지 카톡을 주고받았다. 굿나잇 인사로 카톡을 끝맺었을 때, 잠들지 못하고 동네 친구들에게 카톡을 보냈다. 아무래도 쏜과 썸을 타고 있는 것 같다고 말하니 친구들이 오버하지 말라며 들뜬 나를 진정시켰다. 전날 밤 둘이서 맥주 1만 시시를 마신 이야기를 해주었더니 동네 친구 찬열은 그럴 거면 차라리 약을 하지 그랬느냐고 농담했다. 쏜과 내가 왜 썸이 아닌지를 객관적이며 열정적으로 분석하는 친구들의 카톡을 읽다가 잠에 들었다. 그날 밤 꿈에서 쏜과 야하게 오랫동안 키스했다.

세 번째 아침

　며칠 후 또다시 쏜과 둘이서 술을 마셨다. 각자의 술자리가 파한 뒤 합정동의 편의점에서 만난 우리는 이런저런 이야기를 하며 한 갑이 넘는 담배를 피우고 맥주를 열 캔 정도 마셨다. 출근하는 어른들과 등교하는 학생들 여럿이 편의점을 들렀다. 시계를 보니 아침 7시가 넘어가고 있었다. 나는 쏜에게 우리 집에서 자고 출근하지 않겠느냐고 물었다. 쏜은 그러겠다고 대답했다. 조금 취한 우리들은 내가 사는 옥탑방을 향해 나란히 걸었다.

　집으로 돌아오자마자 다리가 풀려 거실에 대자로 뻗었다. 쏜도 내 옆에 누웠다. 우리는 나란히 누워서 이야기를 해주거나 이야기를 들어줬다. 쏜은 자신의 목소리가 아주 큰 편이라고 자랑했다. 나는 쏜에게 소리를 크게 질러보라고 말했다. 쏜은 숨을 크게 들이 쉬어 배에 힘을 주더니 잠깐 동안 멈춰서 소리를 지를지 말지 고민했다. 쏜은 이내 아무래도 못하겠다며 배에서 힘을 빼고 웃었다. 무용을 배우는 쏜에게 클럽에서도 춤을 잘 추느냐고 물었다. 쏜은 어느 때보다 진지한 얼굴로 마음만 먹으면 춤으로 유혹하지 못할 사람이 없을 것이라고 대답했다. 나는 쓸데없이 비장한 표정의 쏜이 너무 웃겨서 한참 웃었다. 쏜과 얘기를 하던 중에 몇 번이나 깜빡 잠에 들었다. 쏜은 잠든 나를 몇 번이나 흔들어 깨웠다. 나는 쏜에게 이만 들어가서 자라고 말했다. 쏜은 조금 더 얘기를 하다가 자고 싶다고 대답했다. 불면증을 앓고 있다던 쏜의 말이 생각나서 그 애 얘기를 조금 더 듣다가 더는 졸음을 못 이기겠어서 방으로 들어가 문을 닫고 잤다.

몇 시간 잔 뒤 나왔더니 쏜이 거실에서 자고 있었다. 거실에 대자로 뻗어 자고 있는 쏜이 너무 커서 안 그래도 좁은 우리 집의 거실이 더 좁아 보였다. 쏜이 자는 동안 샤워를 하고 옷을 갈아입은 뒤 쏜을 깨웠다. 잠에서 깬 쏜은 자연스럽게 욕실로 들어가 샤워를 했다. 선크림을 바르며 쏜이 씻는 소리를 들었다. 참으로 이상한 상황이라고 생각했다. 데자뷔를 겪는 기분이었다.

쏜과 밖으로 나와 걷다가 메세나폴리스에 있는 소바집에 들어가 늦은 점심을 먹었다. 이틀 밤이나 우리 집에서 잠을 잔 쏜이 여전히 너무 어색하고 불편해서 나는 내 몫의 소바를 반도 먹지 못했다. 쏜은 소바 그릇과 돈가스 접시가 반짝이도록 싹싹 긁어 먹었다. 점심을 먹은 후, 우리는 쏜이 일하는 카페에 가서 각자 할 일을 했다. 나는 친구에게 오랜만에 연락을 해 시간이 되면 저녁 같이 먹고 우리 집에서 자고 가지 않겠느냐고 물었다. 친구가 그러겠다고 해서 내가 있는 카페의 위치를 알려줬다. 카페로 찾아온 친구는 테라스에 앉아 책을 읽고 있는 쏜을 흘끗 보더니 쟤 귀엽다고 작게 말했다. 나는 친구 말을 듣고 왠지 부끄러워서 어색하게 웃었다.

친구와 술을 한잔 하면서 쏜과 일주일 동안 있었던 일을 말했다. 친구가 그게 도대체 무슨 사이인 거냐고 물었다. 나도 모르겠다고 대답했다. 그날 밤 친구와 클럽에서 춤을 추며 놀던 중에 쏜이 한 말이 떠올랐다. '저는 마음만 먹으면 춤으로 유혹하지 못할 사람이 없어요.'

쏜의 비장한 표정을 떠올리니 그가 보고 싶어졌다. 쏜에게 클럽에서 함께 놀지 않겠느냐고 카톡을 보냈다. 한 시간쯤 지나 쏜이 클럽으로 들어왔다. 우리 셋은 반갑게 인사하며 맥주병을 부딪쳐 건배했다. 한참을 놀다가 새벽 1시쯤 되었을 때 쏜이 막차를 타러 나가봐야 한다고 말했다. 나는 조심히 들어가라고 말하며 멀찍이서 손을 흔들었다. 만취한 내 친구는 쏜의 허리를 꽉 끌어안고 조심해서 들어가라고 귓속말을 했다. 쏜은 조금 당황하다가 친구 어깨를 살짝 안고 토닥여주었다. 쏜보다 더 당황한 나는 둘의 모습을 못본 척했다. 이게 당최 무슨 상황인지 이해하기 힘들었다. 쏜이 했던 이야기가 클럽의 시끄러운 음악을 뚫고 머릿속에서 생생하게 울렸다. '저는 마음만 먹으면 춤으로 유혹하지 못할 사람이 없어요.'

다음 날 노트북을 들고 쏜이 일하는 카페에 갔다. 쏜과 함께 담배를 피우는데 쏜이 내 친구와 함께 주고받은 짧은 카톡을 보여주었다. 쏜이 말했다. "저 할 말 되게 많아요." 나는 오늘 저녁에 술 한잔 하자고 대답했다. 카페에서 일을 하며 쏜의 퇴근을 기다리는 동안 쏜이 어떤 이야기를 할지 궁금했다. 알 수 없이 초조해서 애꿎은 냅킨만 잘게 잘게 찢었다.

쏜과 함께 술집에 가서 내 친구 이야기를 했다. 쏜이 이게 무슨 상황인지 잘 모르겠다고 말해서 나는 아무래도 내 친구가 그쪽에게 관심이 있는 것 같다고 대답했다. 쏜도 싫지만은 않은 눈치였다. 더는 쏜과 격식을 차리며 존댓말을 하고 싶지 않았다. 혹시 모를 남녀로서의 발전 가능성을 차단하는 의미로 나는 이만 말을 놓자고 말했다. 말을 놓고 잔뜩 편해진 우리는 깔깔 웃으며 소주를 다섯 병이나 마셨다. 쏜과 우스운 이야기를 하는 내내 내 인생은 어쩌자고 이렇게 재미있는 걸까 생각했다.

그날 밤 막차를 놓친 쏜에게 우리 집에서 자고 가라고 말했다. 이제 쏜은 우리 집에서 아무 일 없이 곧잘 자고 가는 몇 명의 남자 사람 친구들 중 한 명일 뿐이었다. 우리는 기분 좋게 취해서 별것도 아닌 얘기에 키득거리며 내가 사는 옥탑방으로 씩씩하게 걸어갔다.

쏜과 술을 마신 이래 처음으로 취한 그날 밤 그와 나는 같은 방에 나란히 널브러져 별 얘기를 다 했다. 술에 취해 꼬부라진 혀가 잘 말을 듣지 않았다. 천장이 핑글핑글 돌았다. 나는 혀가 꼬부라진 김에 내 인생이 얼마나 재미있는 일투성이인지 들려줘야겠다고 생각했다. 나는 사실 네가 오래전부터 조금 좋다고 생각했는데 하필 내 친구가 너한테 반해버린 것 같다고 내 인생 너무 재미있지 않느냐고 말했다.

내 얘기를 들은 쏜이 벌떡 일어나더니 그게 정말이냐고 물었다. 나는 조금 당황해서 왜 그러느냐고 말했다. 쏜이 거의 울 것 같은 얼굴로 나를 오랫동안 많이 좋아해왔다고 말했다. 나는 그 와중에 내 친구가 걱정이 되어서 걔는 그럼 어쩌냐고 물었다. 쏜이 사실 취해서 나눈 인사 말고는 아무 일 없었다고 나를 떠보고 싶어서 꺼낸 얘기라고 말했다. 그러면서 친구 얘기를 듣고도 내가 덤덤해서 많이 속상했다고 덧붙였다. 그는 내가 정말 많이 좋다며 내 어깨를 꽉 끌어안았다. 이게 무슨 상황인지 모르겠다고 생각했다. 어쨌거나 내 인생은 역시 재미있구나 생각하며 쏜에게 한참 안겨 있었다. 날이 밝고 있었다. 그러니까 그건 쏜과 함께 보는 세 번째 아침이었다.

언제나 지금이 가장 맨 처음

고향의 소박한 채식 식당에 넷이 모였다. 그날의 식사 자리를 마련한 김과 김의 예비신랑 철이 나란히 앉았고 그 맞은편에 나와 박이 앉았다. 이미 여러 번 만난 사이인데도 그날따라 괜히 멋쩍었다. 얼른 취하고 싶어 서둘러 술을 주문했다. 주문을 마치자마자 김이 부끄러워하며 청첩장을 내밀었다.

"아 뭐야, 진짜 어른 같다."

박이 감격한 표정으로 청첩장을 매만지며 말했다. 청첩장에 쓰인 김의 이름을 보니 그의 결혼이 정말로 실감되었다. 박의 말처럼 김이 진짜 어른처럼 느껴졌다. 바꿔 말하면 내가 김보다 한참 덜 큰 사람인 것 같았다. 나는 나 하나 먹고살기에도 바쁘고 버거워서 다른 이와 함께하는 삶은 꿈도 못 꾸겠는데 김은 벌써 제 삶 안에 다른 사람을 들일 준비를 끝내놓았다니. 분명 함께 컸다고 생각했는데 왜 김 혼자만 훌쩍 어른이 되어 있을까.

셋이 함께 놀기 시작한 열일곱 살 때부터 우리는 장난 삼아 서로의 결혼 시기를 점쳤다. 그때부터 막연히 김이 우리 중 제일 먼저 결혼할 거라고 생각하긴 했는데 막상 진짜로 결혼을 한다니 상상도 못했던 폭탄발언을 들은 것처럼 가슴이 두근거렸다. 작년, 김이 처음 결혼 소식을 말했을 때 호기롭게 사회를 봐주기로 약속한 게 살짝 후회되었다. 청첩장 하나에도 마음이 이렇게나 울렁거리는데 드레스를 입은 김을 보고 울지 않을 자신이 없어졌기 때문이다. 가족 다음으로 오래 알아온 20년지기 친구의 결혼식에서 울 기회를 알아서 놓쳤다니. 현실감이 확 들면서 순식간에 마음이 복잡해졌다. 얼른 건배를 외치고 컵에 있는 맥주를 울컥울컥 삼켰다.

"이슬아, 사회 보다가 우는 거 아니냐?"

박이 약 올리는 표정으로 물었다. 대답 대신 한숨을 길게 쉬었더니 김이 불안한 얼굴로 말했다.

"야, 강이슬. 너 절대로 울면 안 돼. 울어도 집에 가서 혼자 울어. 넌 식장을 나갈 때까지 울 자격이 없어."

"너 나한테 다 믿고 맡긴다고 했잖아. 그건 내가 알아서 할게."

"웃기지 마! 나는 즐거운 결혼식 하고 싶어. 나도 안 울 거야. 만약에 내가 울면 꼭 웃긴 멘트를 날려 줘."

내 마음 달래는 것만으로도 어깨가 무거운데 김의 눈물까지 책임져야 한다니. 게다가 웃긴 멘트를 날려달라니. 나는 도대체 어쩌자고 이 중대한 인류지대사에 무턱대고 끼어든 걸까. 착잡했지만 한편으론 김의 결혼식에 나 아닌 다른 사람이 사회를 맡는 건 상상하고 싶지 않았다. 이것은 10년도 더 넘게 다져온 오랜 다짐이자 약속이었다. 10대 때부터 언제 할지도 모르는 결혼식에 대해 이야기할 때마다 너희들의 결혼식 사회는 무조건 내가 봐주겠노라고 호언장담을 해왔고 그때마다 김과 박은 새끼손가락을 내밀었다.

"절대로 안 울게."

내가 비장한 얼굴로 선언하듯 말했다. 김이 안도한 얼굴로 안주 한 점을 집었을 때 박이 말했다.

"나는 백프로 울 거야."

이미 두 눈에 눈물이 일렁거리고 있었다. 철이 "헉." 하고
당황이 묻어난 짧은 소리를 내더니 죄지은 표정으로 티슈를
뽑아 박에게 건넸다. 박이 티슈를 받아들고 뾰족하게 접어 눈
가에 고인 눈물을 콕콕 눌러 닦았다.

"나 부케 받을 때 눈물 때문에 앞이 흐려서 꽃 여러 번 놓
치면 어떡하지."

김이 신부 친구가 너무 울면 사연 있어 보이니까 적당히
하라고 타박했다. 나도 옆에서 김을 거들었다.

"그래, 너 너무 울면 김이 진짜 나쁜 놈이랑 결혼하는 것
같잖아. 적당히 해, 진짜."

사실 이런 얘기가 별로 의미가 없다는 것을 김도 나도 그
리고 박도 알고 있었다. 박은 100프로의 확률로 김의 결혼식
날 울 것이기 때문이다. 내가 가진 전 재산을 다 걸 수도 있
다. 김이 프로포즈를 받은 날부터 박은 울기에 바빴다. 결혼
식의 '결'만 듣고도 코끝이 빨개졌고 두 번째 글자 '혼'까지
말하면 입을 시옷자로 모으고 두 눈을 질끈 감아 눈물을 삼켰
다. 한국어를 모르는 외국인이 그런 박의 모습을 봤다면 '결

혼'이 죽음이나 이별을 뜻하는 단어라고 생각했을 것이다. 얼마 전에는 박을 앞에 앉혀두고 결혼식 사회 연습을 했다.

"자, 지금부터 신부 김과 신랑 철의 결혼식을 거행하겠습니다."

딱 한 문장을 읽자마자 박이 울 것 같은 얼굴을 했다.

"야, 진짜 초치지 마. 연습하는 거 봐준다고 했잖아!"

박이 절대로 울지 않겠다고 얼굴에 부채질을 하며 자세를 고쳐 앉았다. 나는 못 미더워하며 사회 연습을 이어나갔다.

"사회를 맡은 저는 김의 20년지기 친구 강이슬입니다."

박이 '흐흑' 하는 짧은 신음과 함께 양손으로 입을 틀어막더니 이내 온 얼굴과 옷소매가 다 젖도록 울기 시작했다. 그 꼴이 어이가 없고 우스워서 나는 사회 연습을 관두고 박의 앞에 앉았다.

"도대체 왜, 어떤 포인트에서 우는 거야? 아직 신부 입장도 안 했는데?"

"그냥… 흑… 우리가… 20년지기 친구라는… 사실이… 너무 감격… 흐윽."

나는 휴대폰으로 박의 우는 모습을 촬영했다. 박이 하지 말라며 더 서럽게 울었다.

"근데 박, 그거 알아?"

"뭐?"

"너는 따지자면 김이랑 14년지기야… 나만 20년지기고…. 그니까 그렇게 울 것까진…."

박이 눈을 흘기다가 자기가 생각해도 민망했는지 혼자서 막 웃기 시작했다. 박이 웃느라 몸을 들썩일 때마다 눈가에 맺힌 눈물방울이 뚝뚝 무릎으로 떨어졌다.

"근데, 김이 결혼하면 죽거나 변하는 것도 아닌데 우리는 왜 이렇게 울고 싶을까?"

내 질문에 박이 원래 그냥 그런 거라고 대답했다. 나는 원래 그냥 그런 거 말고 우리가 울고 싶은 이유를 자세히 알고 싶었다. 그런데 그건 김의 결혼식 날 울어봐야지만 정확히 알 수 있을 것 같았다.

"야, 너 결혼 늦게 할 거라며, 이 파렴치한 구라쟁이야."

내가 볼멘소리를 하자 김이 서른에 결혼하는 게 그렇게 빠른 건 아니라고 똑똑한 표정으로 말했다. 하긴, 김이 예순에 결혼을 하더라도 나는 조금만 더 늦게 하면 안 되냐고 생떼를 부렸을 것이다.

"이제 혀…형부라고 불러야 하나…?"

어려워하는 표정을 과장되게 지어보이며 철을 쳐다봤더니 철이 어색하게 그러지 말라고 손사래를 쳤다. 나는 일부러 여러 번 더듬으며 철에게 말했다.

"혀…혀…형부…. 김을 힘들게 하면 죽여버릴 거예요."

"저…저도요…."

박이 말했다.

"나한테 똑바로 해라, 진짜."

김이 철의 옆구리를 쿡 찌르며 괜한 경고를 날렸다. 철이 최선을 다해서 김을 행복하게 해주겠노라고 다짐한 뒤 의지의 표현으로 컵에 가득 찬 맥주를 원샷 했다. 그 바람에 철은 건배 타이밍에 혼자서 술 마신다며 우리에게 괜한 퉁명스런 핀잔을 들었다.

식사를 하면서 김의 결혼 준비 이야기를 들었다. 예식, 예단, 예물, 패물, 이바지 어쩌고저쩌고 하는 얘기들이 너무 복잡해서 잘 이해할 수 없었다. 결혼이란 사랑만으로 되는 게 아니라던데 정말 그래 보였다. 사랑 말고도 많은 것이 더 필요했다. 많은 돈, 많은 체력, 많은 정보, 많은 이해심, 많은 인내심. 그런 복잡한 것들에 둘러싸여 아등바등하는 상상만 해도 기가 꺾이는데 도대체 김은 어떻게 저 다채롭게 복잡한 과정을 무사히 치러낸 걸까. 나는 못할 것 같았다. 식장에 들어서기도 전에 이혼하고 싶어질지도 모른다. 누구든 딱 결혼하기 직전까지만 사랑하고 싶었다.

식사를 마친 후 철과 담배를 한 대 피우고 돌아왔는데 박과 김이 나를 위해 준비한 작은 쌀 케이크에 불을 붙여놓고 있었다. 김의 청첩장 때문에 깜빡 잊고 있었는데 그날은 나의 생일이기도 했다. 케이크에 꽂힌 숫자초 3과 0 두 개가 내 나이를 알리며 불에 타고 있었다.

"생일 축하합니다~ 생일 축하합니다~ 사랑하는 이슬이~ 생일 추욱하합니다아아."

촛불을 불어 끄는데 스무 살의 생일파티가 떠올랐다. 그때도 김과 박이 준비해준 생일 초를 불었다. 검게 그을린 초를 하얀 생크림 케이크에서 툭툭 뽑아내면서 이제 정말 스무 살이라고, 우리가 어른이 되었다고 서로의 나이 먹음과 어른 됨을 축하하며 기특해했는데 그로부터 10년이 지난 뒤, 우리는 서른의 초 앞에서 아직도 정신머리는 10대 때랑 비교해서 별로 자라지 않은 것 같은데 억울하다며 바뀐 앞자리를 언짢아하고 있었다.

늦은 새벽, 김의 결혼 전 마지막 술자리가 파하고 택시를 잡아 집으로 돌아가는 길. 창문 밖으로 빠르게 지나치는 풍경을 보며 택시의 속도를 실감했다. 풍경이 없었더라면 목적지에 도착할 때까지 택시의 빠른 속도를 눈치채지 못했을 것이다. 속도를 감지할 때면 저절로 원시안이 된다. 내가 아닌 주변의 변화로만 속도를 인식하게 되는 것이다. 특히 세월의 속도가 그렇다. 희미하고 굼떠 흐르는지도 잘 모르겠는 세월이 남의 인생에는 선명하게 드러나서 새삼 놀라게 된다. 엊그제 입대한 것 같은데 벌써 제대 소식이 들려오는 모 연예인, 소개팅으로 만난 지 얼마 되지 않은 것 같은데 3주년을 기념하고 있는 친구 커플, 빵년 차 막내 때 본 어리바리했던 후배가 어느새 4년차라는 이야기, 기저귀를 갈아줬던 조카가 이듬해 수능을 본다는 소식. 그런 순간들을 마주할 때면 시간 참 빠르다는 낡고 뻔한 말을 어쩔 수 없이 하게 된다.

그날은 한번에 20년을 건너뛴 기분이었다. 아직도 김을 생각하면 통통한 젖살과 정리되지 않아 모닥불처럼 솟아오르는 잔머리를 가진 초딩의 앳된 얼굴이 먼저 떠오르는데 벌써 결혼을 한다니. 김이 보내온 웨딩사진 속 여자의 낯이 설었다. 할 수만 있다면 인생의 기어를 후진에 맞춰 놓고 엑셀을

꾹 밟고 싶었다. 빠르게 되돌아간 과거에서 하고 싶은 건 별거 없이 똑같은 과거를 사는 것이었다. 김을 처음 만난 순간으로 되돌아가서 김과 다시 친구가 되고 포도맛 새콤달콤을 까먹으며 얼마 안 가 까먹을 시시한 농담들로 숨도 못 쉬게 웃고 싶었다. 그리고 김의 옷소매를 죽죽 늘이며 결혼하지 말고 나랑 평생 놀자고 떼를 쓰고 싶었다. 친언니가 결혼소식을 알린 날에 축하한다고 얘기하자마자 아이처럼 울었다는 선배의 말을 이제야 아주 조금 이해할 수 있었다.

'시간이 너무 빠르다'라는 문장에서 '시간'이 가리키는 것은 비단 과거뿐만이 아니다. 지금 이 시간들도 아주 빠르게 흘러 어느 순간 먼 얘기가 되어 있을 것이다. 특별한 얘기들은 추억으로 남고 덜 특별한 이야기들은 기억조차 되지 못할 것이다. 많은 시간을 놓치며 살고 있을지도 모른다는 생각을 하면 조급해진다. 가능하다면 스르륵 흐르는 시간들을 고농축 향수로 만들어 튼튼한 병에 담아놓고 싶다. 언제 이렇게 시간이 흐른 걸까 사뭇 속상하고 억울해질 때마다 그것을 꺼내 뒷목에 칙칙 뿌릴 수 있도록.

앞으로 별일 없다면, 나이의 앞자리는 3에서 4로, 4에서

5로, 언젠가는 8로, 여러 번 바뀔 것이다. 그때마다 새로운 나이를 어색해하고 낯설어하는, 떠나는 나이를 아쉽고 아까워하는, 지금과 별반 다를 바 없는 비슷한 감정을 느끼겠지. 그런 지긋지긋한 처음들을 맞이할 때마다 내 옆에 오래된 친구들이 있었으면 좋겠다. 시간 참 무섭다고 투덜대면서 그 무수한 시간 속에서도 변함없는 이들의 얼굴을 마주하며 사실은 별로 안 무서워하고 싶기 때문이다.

꿈에도 몰랐던 꿈같은 일

'꿈에도 몰랐다'는 식상한 표현을 요즘 나의 고양이 강짱을 보며 자주 떠올린다. 고양이를 키우게 될 줄은 꿈에도 몰랐다. 가끔은 곁에 있는 강짱에게 소리 내어 말한다. 너와 함께 살게 될 줄은 정말 꿈에도 몰랐어. 그러면 강짱은 강아지처럼 내 품으로 파고들거나 손등을 핥거나 꼬리를 흔드는 다정한 몸짓을 보여주는 대신 아주 관심 없는 표정으로 내 어깨 너머 어딘가를 초점 없이 응시하다가 등을 둥글게 말고 늘어지게 하품을 한다. 그 작은 입속에 아름다운 무늬가 있다. 핑크색과 검정색 얼룩이 조화롭게 어우러진 강짱의 입천장은 한 폭의 수묵화 같다. 누군가 작은 붓으로 핑크빛 노을에 갇

흰 먹색의 섬을 강짱의 입천장에 그려 넣는 상상을 하게 된다. 신비한 상상 속에 오래오래 빠져 있고 싶지만 고약한 입 냄새가 훅 끼쳐 재빠르게 현실로 되돌아온다. 이갈이가 끝나면 입 냄새가 좀 덜해진다던데, 사실 뭐 아무래도 상관없지만. 하품하느라 꼭 감았던 눈을 뜨면 오팔처럼 반짝이는 호박 빛깔 눈동자가 보인다. 검정과 노랑이 사이좋게 반씩 차지한 얼굴의 문양, 연한 주황색의 촉촉하고 작은 코, 씰룩이는 통통한 주둥이. 그것들을 차례차례 눈에 담으면 미간에 주름이 지고 입술에 힘이 들어간다. 아— 참을 수가 없다. 어쩔 수 없이 또 사랑한다고 말하고 만다.

강짱을 만난 시점을 기준으로 장르가 바뀐 이야기가 있다. 아빠가 어렸을 적 키운 고양이 이야기다. 동네에서 늦게까지 놀다 집으로 돌아오던 길에 아빠는 작은 고양이를 마주쳤다. 피죽도 못 얻어먹었는지 등뼈와 갈비뼈가 고스란히 드러난 작은 새끼였다. 아빠는 가여운 고양이를 품에 끌어안고 집으로 데려가서 밥과 물을 주며 돌봤다. 아빠의 정성 덕에 고양이는 날이 갈수록 보기 좋게 포동포동해졌고 털에는 윤기가 흘렀다. 어느 날 고양이가 집을 나갔다. 정확히 말하면 평소처럼 밖으로 나갔다가 다시 집으로 돌아오지 않은 것이다. 아빠는 친구들을 모아 동네를 샅샅이 뒤지며 며칠 동안 고양이를 애타게 찾았지만 고양이는 어디에도 없었다. 고양이가 가출한 지 몇 주가 지났을 때 아빠의 걱정은 서운함과 속상함으로 바뀌었다. 할머니는 훌쩍훌쩍 우는 아빠를 등지고 앉아서 거둬준 은혜도 모르는 배은망덕한 동물 때문에 속만 상하게 되었다며 혀를 끌끌 찼다.

다음 해 겨울, 학교를 마치고 돌아온 아빠는 대문을 넘으며 왠지 스산한 기운을 느꼈다. 차가운 겨울비가 내리고 있었고 그래서인지 낮이었음에도 사방이 어두운 날이었다. 안 그래도 귀신 나오기 딱 좋은 날이라고 생각하며 조금 겁먹었던 참인데 그런 아빠를 놀리기라도 하듯 컴컴한 집 안에서 희미하게 아기 우는 소리가 새어 나오고 있었다. 소름 때문에 머리털이 비죽비죽 솟은 채로 한참 동안 마당 한가운데서 서성거리던 아빠는 겨우 용기를 내 집 안으로 들어갔다. 집으로 들어서자 아기 울음소리는 더욱 선명해졌다. 쿵쾅거리는 가슴을 진정시키며 소리가 새어 나오는 안방으로 향했다. 아기 귀신이 있을까 두려워하며 눈을 꼭 감고 전등을 켰다. 밝아진 안방에는 다행히도 귀신같은 건 없었다. 그러나 더 불길한 것이 있었다. 장롱 앞에 커다란 죽은 쥐가 놓여 있었던 것이다.

쥐를 보고 놀랄 새도 없이 아기 울음소리가 다시 시작되었다.

"응애—응애."

아빠는 거의 울면서 발발 떨리는 손으로 소리가 들리는 장롱 문을 열었다. 두꺼운 이불이 꿈지럭대고 있었다. 그것을 젖혀보니 집을 나갔던 고양이와 꼭 같은 문양을 지닌 노란 새끼 고양이들이 바글바글 몸을 맞대고 애기 소리를 내며 울고 있었다.

어릴 때 아빠한테 들은 그 애기는 〈전설의 고향〉보다 무서웠다. 이게 웬 지능적인 해코지란 말인가. 기껏 보살펴줬더니 죽은 쥐나 물어다 놓고 겨울 이불을 다 뜯어서 그 자리에 새끼를 버리고 사라지다니 말이다. 아빠의 실감나는 응애응애 울음소리도 공포 분위기를 조성하는 데 한몫을 단단히 했다.

그런데 그 이야기가 강짱을 만난 후에는 짠하게 느껴진다. 강짱을 키우면서 처음으로 고양이를 알았기 때문이다. 추운 겨울에 새끼를 낳은 고양이는 아빠를 떠올렸다. 믿어서였을 것이다. 공동육아를 하는 습성이 있는 고양이는 아빠에게 새끼를 맡기고는 사냥한 쥐를 선물했다. 자기 먹을 것도 구하기 쉽지 않았을 계절이었다. 이것이 신뢰와 사랑이 아니면 무엇일까. 강짱을 키우고 나서야 늦게나마 아빠의 오해를 풀 수 있었다. 역시 사랑에도 공부가 필요하다. 애틋한 사랑도 무지 앞에서는 허무하게 왜곡된다.

　강짱을 만난 건 더운 여름, 방송국 스튜디오에서였다. 어미 잃은 다섯 마리의 새끼 고양이들이 박스 안에 갇혀 있었다. 차가 많이 다니는 곳이라 고양이들이 돌아다니다 다칠까 봐 스튜디오 보안팀이 임시방편으로 마련한 보금자리였다. 살짝 여며져 있던 커다란 박스를 열었더니 더운 공기와 눅눅한 냄새가 훅 끼쳤다. 고양이들은 더위에 늘어져 있었고 온몸이 각질 부스럼으로 덮여 있었다. 녹화 내내 고양이들 생각에 마음이 불편했다. 두 시간에 한 번 있는 쉬는 시간마다 담배를 태우는 대신 고양이들을 보러 갔다. 시청과 동물보호단체 몇 군데에 전화를 돌려보았지만 해줄 수 있는 게 없다는 대답만 돌아왔다.
　녹화가 끝난 후 집으로 돌아가기 전 물을 갈아주고 사료를 불려주는데 고양이 한 마리가 조그만 앞발로 내 검지를 꼭 쥐더니 손끝을 핥았다. 그중 제일 위태로워 보이는 아이였다. 귀부터 꼬리 끝까지 피부 부스럼이 심각했고 항문이 살짝 튀어나온 탈항 증세까지 있었다. 어떡해 하고 혼잣말을 했더니 고양이가 '애옹' 하고 작게 울었다. 그 힘없는 울음소리를 듣자 나도 울고 싶었다. "미안해."라고 말했더니 고양이는 좀 전보다 조금 더 길게 '애애옹' 하고 울면서 내 손을 더 꼭 껴안았다. 젤리 같은 발바닥을 몇 번 문질렀더니 고양이는 골골거리며 내 손가락을 입에 넣고 살살 깨물기 시작했다. 가여웠지만 나에게도 딱히 방법이랄 게 없었다. 자꾸만 손에 엉겨붙는 고양이를 억지로 떼어내고 박스 덮개를 살짝 닫은 뒤 자리를 떠났다.

불 꺼진 스튜디오 바깥에서 나는 집에 가지 못하고 한참을 쪼그려 앉아 있었다. 고양이의 골골거리는 소리와 촉촉한 발바닥의 감촉이 쉽게 가실 것 같지 않았다. 아까 그 작은 고양이는 나한테 뭐라고 말한 걸까. 설마 살려달라고 말한 건 아닐까. 시원하고 깨끗한 집에서 나를 보살펴달라고 말한 건 아닐까. 아닐지도 모르지만 만에 하나 그랬을까 봐 겁이 났다. 나는 다시 박스 문을 열고 고양이를 품에 안아 들었다.

박과 나와 내 동생 강은혜 그리고 강아지 박호랑은 고양이와 살아본 적이 없었다. 우리는 A4 용지 박스 안에서 삐용삐용 우는 아기 고양이를 가운데에 두고 둘러앉았다.

내가 말했다.

"어떡하지."

박이 말했다.

"어떡하냐."

강은혜가 말했다.

"어떡할 거야?"

박호랑이 말했다.

"낑낑낑(보여줘!)"

내가 말했다.

"근데 나 고양이 무서워해."

박이 말했다.

"나도."

내 동생 강은혜도 말했다.

"나도 무서워."

박호랑이 말했다.

"낑낑낑(보여달라고!)"

고양이에 대해 아는 것이 하나도 없을뿐더러 고양이를 무서워하기까지 했던 우리는 가능한 한 빨리 아기 고양이를 치료해 좋은 주인을 찾아주기로 했다. 얼마간은 같이 살아야 했으므로 임시로 불러줄 이름을 지어주었다. 빨리 나아서 짱이 되라는 의미로 이름은 '짱'이 되었고 내가 데려온 나의(?) 고양이었으므로 성은 '강'이 되었다.

다음 날 강짱을 데리고 동물 병원에 갔다. 의사는 강짱의 온몸을 뒤덮은 각질을 살피며 말했다.

"곰팡이성 피부병이네요. 개는 물론 사람한테도 옮아요."

의사는 또 말했다.

"저희 집 고양이도 같은 피부병에 걸렸습니다. 저도 옮아서 원형 탈모로 고생을 좀 했어요."

놀라서 의사의 머리를 쳐다보았더니 내 시선을 의식한 그가 이제는 다 나았다고 얼른 덧붙였다. 의사는 나에게 고양이를 키워보았느냐고 물었다. 내 인생에 고양이는 얘가 처음이라고 대답하자 그가 심각한 표정을 지으며 말했다.

"흠… 피부병이 심한 편이라 약을 먹여야 하는데… 아마 약을 못 먹일 겁니다."

"네?"

"고양이는 약을 순순히 받아먹지 않거든요."

"아….'

"약욕(약물 목욕)을 해야 하는데 아마 못할 겁니다."

"네?"

"고양이는 목욕을 아주 싫어하거든요."

"아…."

"날마다 소독약을 발라줘야 하는데…."

"그것도 못할까요?"

의사가 쉽지 않을 거라 답하며 고개를 끄덕였다. 피부병을 완치하기까지는 짧으면 한 달, 길면 세 달도 더 걸릴 거라고 말했다.

병원을 나와 집까지 가는 동안 심란해서 여러 번 한숨을 쉬었다. 의사의 팔에 가득했던 고양이 발톱 자국이 어른거렸다. 그의 말에 따르면 고양이는 호락호락하지 않은 동물이었다. 이미 펼쳐진 강짱과 나의 위험한 동거를 염려하며 집으로 돌아와 사료를 물에 불려 으깼다. 냄새를 맡은 강짱이 발밑에서 어서 밥을 내놓으라며 성화였다. 고양이가 약봉지를 본다고 뭘 아는 것도 아닌데 나는 강짱이 볼 수 없는 곳에 숨어서 병원에서 받아온 가루약을 몰래 사료에 섞었다. 제발 뱉지 말아달라고 애원하는 조마조마한 마음으로 약 탄 사료를 강짱 앞에 놔주었다. 강짱은 지체 없이 약이 섞인 사료를 입에 밀어 넣었다. 순식간에 약을 다 먹은 기특한 강짱의 머리를 쓰다듬으며 말했다.

"이 짜식 너 살겠다."

강짱 몸에 약을 바르는 데는 최소 두 시간이 걸렸다. 작은 몸 구석구석이 피부병으로 엉망이었기 때문이다. 어느 날엔 소독약에 쫄딱 젖은 강짱의 작은 몸에 얼굴을 파묻고 오래 울었다. 엉엉 우는 나를 본 박과 동생이 놀라서 왜 그러느냐고 물었다. 온몸이 젖도록 약을 뿌리는데 짜증 한 번 내지 않는 강짱이 가여워서 운다고 했더니 박과 동생은 내가 강짱을 입양 보내지 못하고 키우게 될 거라는 데 앞다투어 돈을 걸었다. 나는 울먹이는 목소리로 깨끗하게 치료해서 나보다 훨씬 좋은 주인을 찾아 입양 보낼 거라고 대답했지만 안 키울 거라는 데 돈을 걸 만큼 확신하지는 못했다.

한 달쯤 지난 후에 강짱은 피부병 완치 판정을 받았다. 박과 동생의 예언대로 나는 강짱을 입양 보내지 못했다. 매일매일 약을 발라주었기 때문이다. 한 달 동안 강짱의 몸을 너무 많이 쓰다듬었기 때문이다. 이곳은 옷깃만 스쳐도 인연인 세상이니까, 이 세상에서 강짱과 내가 운명이 아닐 이유를 찾을 수 없었다.

처음 우리 집에 올 때 무게가 500그램 정도 나갔던 강짱은 지금 2킬로그램이 넘는다. 민들레 씨앗처럼 삐죽삐죽 솟은 배내털도 깔끔하게 정리가 되어 이제는 제법 맵시 좋은 어른 고양이의 태가 난다. 싱크대며 서랍장 위도 점프 한 번으로 가뿐히 올라갈 수 있다. 강짱 덕분에 온몸의 센서가 바쁘다. 배 위에서 식빵을 굽는 무게, 방바닥에 챱챱챱 발바닥 닿는 소리, 고슬고슬한 눈곱, 아름다운 털의 무늬와 고르릉거릴 때마다 가늘게 떨리는 목 언저리. 어느 것 하나 재미없는 것이 없다. 재미라는 건 엄청 어렵고 대단한, 그래서 너무 좋은 건데 강짱을 이루는 모든 것이 재미있어서 나는 자꾸만 나의 작은 고양이를 예의주시하게 된다. 오늘도 강짱을 무릎 위에 앉혀놓고 구석구석 쓰다듬으며 혼잣말을 할 것이다.

내가 고양이를 키우다니. 세상에 참 별일이다. 너와 함께 살게 되다니 정말 꿈같다.

퀘스트라고 생각하면
웃을 수 있다

막 잠에 들려고 하는데 옆방에서 자는 줄 알았던 박에게서 전화가 걸려왔다.

"왜?"

박이 두려움 가득한 목소리로 속삭였다.

"거실에 뭐가 있어."

뜻밖의 한마디에 잠이 다 달아났다. 덩달아 긴장한 채로 소리 낮춰 물었다.

"뭐? 사람이야?"

"모르겠어. 뭐가 돌아다녀. 들었어?! 방금도 소리 났어!"

나는 내 방에 있던 책 중 가장 무겁고 단단한 《걸리버 여행기》를 챙겨 살금살금 거실로 나왔다. 여차하면 책의 모서리로 침입자의 정수리를 찍어버리거나 얼굴 정중앙에 던져버릴 계획이었다. 마른침을 삼키며 휴대폰 플래시로 캄캄한 거실을 구석구석 비춰보았다. 책을 쥔 손바닥에 땀이 배어 나왔다. 거실엔 아무것도 없었다.

"아무것도 없는데?"

"아니야. 진짜로 들었어. 소름 끼쳐. 이슬아 같이 자자."

"싫어."

"제발, 내가 구석에서 잘게."

"싫어. 네 잠옷 너무 야해서 더럽단 말야."

"옷 갈아입을게, 진짜 한 번만 제발."

박의 간절한 애원에 마음이 약해져 박의 싱글 사이즈 매트리스에 나란히 몸을 뉘였다. 우리는 한참동안 말없이 누워 박이 똑똑히 들었다던 정체불명의 소리를 기다렸다. 그러나 들리는 건 시원하게 쏟아지는 빗소리뿐이었다.

"이 겁쟁이야, 보약이라도 한 첩 해먹어라. 기가 허해서 헛소리를 듣는 거야."

박을 놀리는 것으로 적막을 깼다. 박도 머쓱해하며 하수구로 물 빠지는 소리를 잘못 들었나보다고 말했다. 긴장을 풀고 막 잠에 들려는 순간이었다.

'토도도독' 거실 바닥에 뭔가 부딪히는 소리가 들렸다. 눈이 번쩍 뜨였다. 어둠 속에서 겁에 질린 박의 눈동자가 빛나고 있었다. 침조차 삼키지 못하고 얼어 있는데 선명하고 이질적인 소리가 고요를 갈랐다.

찍찍.

나는 눈을 더 크게 떴고 박은 질끈 감았다. 우리는 동시에 말했다.

"쥐다."

다음 날 날이 밝자마자 윗집에 사는 주인아저씨한테 SOS를 요청했다. 아저씨가 창고에서 쇠파이프와 거대한 집게를 양손에 든 채 우리 집으로 들어왔다. 쥐 한 마리 잡는데 세간살이 다 부서지진 않을까 걱정스러웠다. 동시에 쥐의 안위도 염려되었다. 아저씨한테 잡히면 심하게 다치거나 죽을 것이 분명했다. 싱크대 밑을 뜯어내니 쥐똥이 있었다. 아저씨가 쥐똥을 골똘히 바라보며 쥐의 예상 이동경로와 습성 등을 중얼중얼 읊었다. 순간 싱크대 밑에서 '토도도독' 쥐가 빠르게 움직이는 소리가 들렸다. 아저씨는 과연 놀라운 반사 신경으로 가져온 무기를 다 집어 던지는 동시에 요상한 비명을 지르며 순식간에 나보다 뒤로 물러섰다. 쥐와 나와 아저씨 사이에 잠시 정적이 흘렀다. 아무래도 쥐가 아저씨 손에 잡혀 다치거나 죽을 일은 없을 것 같았다. 아저씨는 한참 동안 쥐와 재미없는 숨바꼭질을 하다가 위층으로 돌아갔다.

고요한 거실에 혼자, 아니 쥐랑 단둘이 남아 우두커니 서 있는데 별안간 웃음이 터져 나왔다.

고시원의 집게벌레와 반지하의 바퀴벌레, 옥탑의 꼽등이를 극복하고 드디어 1층으로 이사를 왔는데 이제는 쥐라니! 울 수도 웃을 수도 없는 그야말로 웃픈 상황이었다. 조금 전에 들었던 아저씨의 이상한 비명까지 머릿속에서 오버랩되어 한참을 큭큭거렸다. 얼마 전까지만 해도 인생 최악의 집처럼 느껴졌던 쥐의 침범이 바퀴벌레와 꼽등이 다음으로 해결해야 하는 퀘스트처럼 느껴졌다. 그렇게 생각하니 마음이 좀 편했다. 인터넷에 '쥐를 생포하는 법'을 검색했다. 이왕이면 나에게나 쥐에게나 안전하고 현명한 방식으로 퀘스트를 깨고 싶었다.

헐렁한 연결

한 번 간 가게가 마음에 들면 계속 그곳만 가게 된다. 그러다 보니 단골집이 여럿 생겼다. 그 집이 편해서 단골이 된 건지 아니면 자주 가다 보니 단골이 되어 편해진 건지는 모르겠지만 어쨌든 단골집이 생긴다는 건 기분 좋은 일이다. 일단 가게에 들어가는 순간부터 "어서오세요."가 아닌 "왔어?"라는 인사에 1차로 마음이 녹고, "늘 먹던 걸로 주세요."라는 주문을 하면서 묘한 짜릿함을 느낀다. 우리는 서로 알지만 사실은 모르는 사람이다. 완전히 긴장을 풀 수 없으나 그렇다고 깍듯이 예의 차릴 필요는 없는 관계. 이 헐렁한 연결감은 단골집의 필수 조건이자 매력이다. 이 연결감은 중요하다. 그래서 단골 사장님과 지나치게 친해지는 것을 경계한다. 지나치게 친해지면 언젠간 지나치게 부담스러워져서 결국엔 단골집을 그냥 지나치게 될지도 모른다. 나에겐 그런 경험이 몇 번 있다.

한번은 이런 적이 있었다. 동네에 새로 개업한 심야 식당에 혼자 술을 마시러 갔는데 평일 자정이 넘어서 간 탓에 손님이 나밖에 없었다. 심야 식당 특성상 사장님과 자연스럽게 이야기를 주고받았다. 이야기를 나누면서 사장님이 나와 비슷한 또래라는 것을 알게 되었고 성격도 유쾌해서 우리는 금방 말을 놓고 친해졌다. 앞으로 이곳에 자주 오게 될 것 같다는 예감이 들었다. 새벽 3시가 넘어갈 무렵, 집에 가려고 일어났는데 사장님의 뜬금없는 한마디에 발목이 잡혔다.

"나 사실 댄서야."

갑작스러운 고백에 당황해서 못 들은 척하고 한 번 더 물었다.

"뭐라고?"

"나 댄서라고."

'어쩌라는 거야.'라고 말할 수 없어서 어색하게 웃었다.

"괜찮다면 춤을 보여주고 싶어."

이 사람이 혹시 취했나 싶어 표정을 살폈는데 몹시 명확하고 단호한 얼굴을 하고 있어서 감히 취했느냐고 물어보지 못했다. 싫다고 하면 안 될 것 같은 분위기여서 "와-" 작게 탄성하며 박수를 짝짝짝 쳤다. 사장님은 성큼성큼 입구로 걸어가 말 그대로 셔터를 내리고는 고심하여 음악을 플레이하더니 번쩍이는 사이키 조명을 켰다. 속으로 생각했다. 이렇게까지 본격적으로 세팅을 해놓다니, 사실 심야 식당은 핑계일 뿐 혼자만의 무대를 꾸미고 싶었던 것은 아닐까. 사장님이 테이블을 밀고 춤출 자리를 마련했다. 가게가 넓지 않았던 탓에 우리 사이가 지나치게 가깝다는 생각을 떨칠 수 없었다. 나는 그가 부디 온갖 화려한 기술이 난무하는 브레이크 댄스를 추길 바랐다. 그렇다면 억지로 표정 관리를 해야 할 필요도 없이 기술에 놀라며 자연스럽게 리액션할 수 있을 테니까. 나는 이런 민망하고 어이없는 상황에 상당히 취약하다. 엄청 친한 것도 아닌 사람이 나를 단독 게스트로 모셔놓고 춤을 추기 직전이었다. 게다가 댄서의 표정이 꽤나 진지하다. 콩트 소재로 쓰기 딱 좋은 상황이 아닌가. 부디 내가 예의 없이 웃어버리지 않기를 기도하며 무릎을 세게 쥐었다.

아직 마음의 준비를 끝내지 못했는데 음악이 시작되었다.

나의 바람과 다르게 그는 브레이크 댄서가 아니었다. 그가 코앞에서 가슴팍을 튕기며 팝핀 댄스를 추기 시작했다. 웃지 말아야지 생각하자마자 샤이니의 '뿌셔뿌셔' 광고가 떠올라서 괴로웠다. 순간 스피커에서 요란한 따발총 소리가 흘러나왔다. 그가 음악에 맞춰 온몸을 떨며 나를 향해 따발총을 다르르르르 갈겼다. 그 총에 맞고 잠깐 죽고 싶었다. 나는 총에 맞은 척을 해야 하나 잠시 고민했으나 그가 남은 총알을 하늘을 향해 쏘기 시작했으므로 잠자코 있었다. 뭔가 폭발적인 움직임이었지만 무대가 비좁은 탓에 동선이 거의 없었으므로 그가 열정적인 춤사위를 하는 내내 나는 꼼짝없이 그와 눈을 마주쳐야만 했다. 난 그의 춤이 1초라도 빨리 끝나기를 바라며 죽을힘을 다해 표정 관리를 했다. 그런데 아무리 기다려도 음악이 끝나지 않았다. 워낙 비트로만 이루어진 음악이라서 언제 끝날지 감을 잡기도 어려웠다. 나는 기회를 엿보다 음악소리가 좀 잦아진 틈에 황급히 맥주를 건넸다.

"와!! 형 진짜 잘 춘다!!"

그는 맥주를 받아들더니 이제 와서 잔뜩 쑥스러운 표정으로 내 앞에 앉았다. 예의상 춤을 춘 지 얼마나 되었느냐고 물었다. 그는 10년이 넘었다는 대답 뒤에 춤을 추게 된 계기와 춤에 대한 자신의 열정과 사랑, 그러나 가정사 때문에 춤을 포기해야 했던 아픔, 그럼에도 춤을 잊지 못해 최근까지 나갔던 수많은 대회 이야기를 길게 말했다. 빨리 집에 가고 싶었는데 셔터 문이 닫혀 있었기 때문에 그러지도 못했다. 아직도 끝나지 않고 쿵쾅대는 음악이 불길했다. 아니나 다를까 그는 이야기 중간중간 못 참겠다는 듯 벌떡 일어나 춤을 췄고 나에게 춤을 알려주고 싶다는 강한 욕구를 내비치기까지 했다. 여러 번 고사하다가 결국엔 나도 몇 가지 동작을 배운 뒤 해가 뜨고 나서야 가게를 나올 수 있었다. 그가 또 오라고 말했고 나는 그러겠다고 했지만 다시는 그곳에 가지 않았다. 그가 다음에 오면 자신의 크루들을 불러 함께 술을 먹자고 했기 때문이다. 혼자 멀뚱하게 앉아서 그룹댄스를 볼 용기는 없었다.

초장부터 과한 매력 어필로 단골의 가능성을 끊어버린 경우가 있는가 하면 오랫동안 천천히 쌓인 내적 친밀감 때문에 단골의 연이 끊어진 경우도 있다. 쏜과 내가 자주 취하는 술집 근처에는 모텔이 있다. 연애 초반, 하루 24시간 붙어 있어도 아쉬웠던 우리는 그 모텔을 자주 찾았다. 크리스마스였다. 기분 좋게 취해서 함께 모텔에 들어갔는데 카운터의 주인아주머니가 활짝 웃으며 "메리 크리스마스~" 하고 인사를 했다. 술이 깼다. 뭐지. 내가 알기로는 모텔에는 불문율이 있었다. 오는 손님을 절대로 아는 척하지 않을 것. 그래, 그 불문율이 깨질 리가 없었다. 모든 손님에게 하는 크리스마스 인사일지도 모르겠다고 생각하면서 우리도 어색하게 웃으며 "메리 크리스마스." 하고 인사했다. 아주머니가 열쇠와 일회용품을 챙기면서 말했다.

"아유~ 왜 이렇게 오랜만에 오셨어요."

뭐라고 답해야 하지. 보통의 단골 가게였으면 "요새 너무 바빠서, 자주 올게요."라고 대답했겠지만 이곳은 모텔이었다. 위와 같은 대답을 한다면 "요새 너무 바빠서 (섹스를 못 했어요), 자주 (섹스하러) 올게요."로 해석될 것이다. 잘못한 것도 없는데 괜히 민망하고 불편해서 얼른 열쇠를 받아 자리를 떠나려는데 아주머니가 우리를 불러 세웠다.

"이거 가져가요."

초박형 콘돔 16개가 들어 있는 박스였다.

"가…감사합니다."

쏜이 콘돔을 받아들고 꾸벅 인사를 했다. 아주머니가 특별히 주는 서비스라고 말하며 웃었다.

엘리베이터에서 쏜과 함께 이게 무슨 상황이냐는 눈빛을 주고받았다. 방에 들어가자마자 콘돔을 가운데에 놓고 침대 위에 앉았다. 쏜이 말했다.

"이 콘돔 일제야."

"좋은 걸로 주셨네."

"이렇게 불편한 서비스는 살면서 처음이야."

"응, 나도."

우리는 그날 섹스하지 못했다. 키스를 하다가도 아주머니 얼굴이 떠올라서 "여기서 이러면 안 돼!"라고 말하며 화들짝 몸을 떼었다. 어째선지 죄를 짓는 기분이 들었다.

다음 날, 체크아웃을 하며 열쇠를 반납하는데 카운터에 아주머니가 계셨다. 우리는 눈인사를 주고받았다. 섹스하지 않은 덕분에(?) 덜 민망했다. 아주머니가 문을 나서는 우리에게 새해 복 많이 받으라고 인사를 했다. 복을 빌어주는 아주머니께 죄송했다. 나는 그 모텔의 진짜 단골은 될 생각이 없었기 때문이다.

이럴 때면 관계마다 지켜야 할 선에 공식이라는 것이 있었으면 좋겠다. 아니면 책상에 긋는 금처럼 눈에 보였으면 좋겠다. '금 밟지 마세요.'라고 경고라도 할 수 있을 것이다. 모두가 가끔은 의도치 않게 선을 넘는다. 선을 넘는 대부분의 이유는 깊은 친밀감 때문일 것이다. 우리 사이에 이 정도는 이해해줄 수 있을 거라는 믿음으로 용기를 낸 탓에 선을 넘는다. 믿는 마음 때문에 끊어지는 연결들이 아쉽다. 평생 이어가고 싶은 인연들을 생각한다. 우리 사이에도 선이 존재함을 분명히 기억하며 살짝 덜 믿어야 함을 명심한다.

울기 좋은 핑계

고향 친구들과 함께 하는 술자리. 자정이 넘어가면 눈치 싸움이 시작된다. 오늘은 과연 누가 먼저 울 것인가. 지수? 탁꾸? 박? 어쨌든 나는 아니다. 누가 먼저 우는지는 사실 별 상관이 없다. 어차피 한 명이 울기 시작하면 도미노 패가 쓰러지듯, 하품이 옮아가듯 나를 제외한 나머지의 눈물보도 우르르 터질 것이기 때문이다.

내 친구들은 울보다. 평소에도 곧잘 우는데 술이 들어가면 100번 중에 아흔아홉 번을 운다. 마치 입으로 들어간 술이 눈물로 역류해 쏟아져 나오는 것 같다. 친구들의 주량은 나에게 한참 못 미치기 때문에 나보다 훨씬 먼저 취해서 많이 울고 금방 지쳐 잠이 든다. 잠든 애들을 구석으로 몰아 눕히고 눈물과 콧물에 젖어 축축해진 휴지와 엎질러진 술잔을 치우는 것은 언제나 내 몫이다.

술에 취해 우는 이들을 멀쩡한 정신으로 감상하고 있자면 '그야말로 가관'이라는 말을 100퍼센트 이해할 수 있다. 천태만상을 오감으로 경험하는 시간인 것이다. 애들의 눈물 포인트는 상당히 다양한 편인데, 일단 흔히 등장하는 레퍼토리로는 '사랑과 우정'이 있다. 어느 한 명이 애인과의 알콩달콩한 에피소드를 이야기하면 그 옆에서 가만히 듣고 있던 애가 훌쩍이기 시작한다. 왜 우냐고 물어보면 감격에 젖어 가늘게 떨리는 목소리로 "그냥… 너무 아름답잖아…."라고 말한다. 나는 어이가 없어서 또 시작이냐며 콧방귀를 뀌려다가 심상치 않은 기운에 주변을 살핀다. 혹시나 했는데 역시나 나머지 애들도 너무 아름다운 사랑 이야기라며 맞장구는 물론 맞소고, 맞북, 맞꽹과리까지 처대며 눈물샘에 시동을 걸고 있다. 그 모습을 발견한 화자는 세상에 단 하나밖에 없는 아주 귀한 보물이라도 발견한 사람처럼 황홀한 표정으로 이렇게 말한다. "얘들아, 고마워. 너희들 같은 친구가 있다니. 나는 정말 아무것도 부러운 게 없어." 눈물의 똥꼬쇼 단체전의 서막이다.

친구들은 우리가 친구여서 얼마나 행복한지를 두서없이 내뱉으며 본격적으로 울 태세를 갖춘다. 그러다 어느 한 놈이 격앙된 목소리로 "나는 무조건 사랑보다는 우정이야!"라고 외치며 큰 소리로 울면 나머지 애들도 기다렸다는 듯 "나도!"를 외치면서 통곡을 시작한다. 우스운 건 우느라 망가진 발음으로 앞다투어 "울지 마."를 연발하면서도 누구 하나 울음을 그치려는 시도조차 안 한다는 사실이다. 이 밖의 우는 이유로는 서울에서 고군분투 중인 우리 촌놈들이 기특해서, 환갑까지 30년밖에 안 남아서, 우리가 키우는 강아지들이 너무 귀엽고 짠해서, 방금 먹은 땡초가 지나치게 매워서, 술 게임에서 져서 등이 있다.

친구들은 울 때면 서로서로 꼭 껴안느라 둥글게 뭉치곤 하는데, 한 발짝 떨어져 보고 있으면 마치 한 마리의 커다란 짐승이 여러 갈래의 목소리로 울부짖는 것처럼 보인다. 그럴 때 나의 역할은 조용히 카메라를 들어 다양한 각도에서 그들의 우는 모습을 담는 것이다. 다음 날 자신들이 눈물, 콧물을 범벅한 채로 서럽게 울고 있는 이유가 '땡초가 매워서'라는 사실을 알게 되는 순간을 떠올리면 몹시 짜릿해서 카메라를 든 손에 어떤 사명감까지 느껴진다. 그러나 섣불리 카메라를 들

수 없는 경우도 더러 있다. 애들이 약간 덜 취했을 때는 좀 점잖게 우는 편이기 때문이다. 다들 차오르는 눈물을 애써 참으며 우는 애를 어른스럽게 위로한다.

"야, 울지 마, 내년이면 서른이지만 그래도 우리 오래 살 수 있어."

참고로 이날 눈물의 이유는, 해가 바뀌면 서른이 되는데 그 말은 곧 죽음에 가까워졌다는 뜻이어서였다. 더없이 하찮고 얼토당토않은 이유로 울지라도 분위기는 세상 엄숙하여서 나는 성의 없게나마 우는 척을 한다.

"그러게, 야 나도 눈물 날 것 같다. 슬프네….."

그러면 애들은 나도 우는 줄 알고 거대한 짐승 모임에 끼워준다. 애들의 겨드랑이 아래로 두 팔을 뻗어 안으며 가만히 한 마리의 우는 짐승이 된다. 가짜로 흐느끼는 동안 진짜로 울고 있는 애들이 축축하고 뜨겁고 우습고 사랑스럽다고 생각한다.

전날 밤에 한바탕 울다 잠든 애들이 아침에 보여주는 얼굴들은 익숙하다. 양 뺨은 때꾼하고* 눈과 코와 입술은 부어서 퉁퉁하다. 밥상에 둘러 앉아 얼큰한 라면으로 해장을 한다.

언제나 그렇듯 나와 탁꾸는 많이 먹고 숙취가 심한 박과 지수는 국물만 몇 수저 간신히 떠넘긴다. 라면을 먹으면서 전날 밤 대성통곡의 원인이 되었던 주제를 다시 꺼낸다.

눈물과 함께 기억까지 쏟아낸 친구가 맞은편에 앉은 애의 부은 눈과 입술로 잊힌 기억을 짐작한다.

"우리 어제도 울었어?"

나는 이 순간을 위해 전날 열심히 찍은 사진들을 하나하나 넘기며 보여준다. 드라마틱한 순간이 포착된 사진을 확대까지 해가며 어제의 현장을 오버스럽게 설명한다.

"너네 어제 가관이었어. 내가 초등학교 때 사귄 남자 친구 얘기 했더니 슬프다고 막 울었어."

퉁퉁해진 눈 위로 굵게 잡힌 쌍꺼풀 때문에 심각하게 느끼한 얼굴이 되어버린 탁꾸가 믿을 수 없다는 표정으로 묻는다.

"아니. 초딩 연애 얘기에 이렇게까지 울었다고? 나 얼굴 다 부었는데?"

"내 말이. 심지어 웃긴 얘기였는데 기다렸다는 듯이 다들 울더라?"

"이슬이 너는 안 울었냐?"

"당연하지."

"왜?"

"왜냐니? 20년 전 남자 친구 얘기하면서 울면 좀 이상하지 않냐?"

나는 술만 취하면 우는 친구들이 뻔하고 지겹다고 말하고 친구들도 이제 그만 좀 울고 싶다고 하소연하지만 사실은 다 거짓말이다. 이렇게 하찮은 이유로나마 펑펑 울고 나면 마음 한구석이 산뜻해진다는 것을 우리 모두 알고 있어서다. 울고 싶어도 울어선 안 되는 수두룩한 날들 사이에 울 일 아닌 일에 엉엉 우는 날 간간히 끼어 있다고 우리가 약해지거나 한심해지진 않을 것이다. 우스운 일에 목을 놓아 울어버리면 결국은 웃을 수 있는 일이 되어버리니까. 어쩌면 우리는 울기 좋은 핑계를 찾았는지도 모른다.

* 눈이 쏙 들어가고 생기가 없다.

오, 나의 햇님!

슬럼프와 무기력 사이에서 움튼 생각들은 너무 많고 버겁고 그리하여 해롭다. 낮에는 일과 사람에 치이면서도 걱정이랄지 후회를 모르는 사람처럼 잘도 웃었으면서 혼자 남은 밤에는 걱정과 후회에 절은 한숨이 끝도 없이 나온다.

불을 꺼도 충분히 어둡지 않은 것 같아 머리끝까지 이불을 뒤집어쓴다. 그러자마자 눈물이 울컥울컥 솟아오른다. 그럴 때면 꼭 내 몸이 눈물을 담는 컵처럼 느껴진다. 똑바로 서 있을 땐 목울대 근처에 고요히 고여 있던 것들이 중심을 잃고 기울어지자마자 빈틈으로 울렁울렁 쏟아지는 것이다. 양파를 썰 때 흘리는 눈물과 슬플 때 흘리는 눈물의 성분은 다르다던데 이럴 때 흘리는 눈물은 어느 쪽에 가까울까. 세상이 슬프진 않은데 너무 맵다. 매워서 눈물이 난다. 눈을 감지도, 뜨지도 못한 채로 훌쩍훌쩍 울다가 온갖 것이 억울하고 서러워진다. 무엇을 탓해야 할지 종잡지 못한 채로 미움의 화살을 무작위로 날려보지만 그것이 화살이 아닌 부메랑이었다는 사실을 조금 뒤에 깨닫는다. 내게로 정확하게 날아온 미움의 부메랑이 날개 뼈 사이와 명치를 번갈아가며 무겁게 때려대는 바람에 온몸이 들썩거린다. 훅훅 빠져나가던 한숨들이 딱딱하게 덩어리져서 목에서 턱턱 흑흑 걸린다. 이제는 나라는 존재가 너무 매워서 잠들 수가 없다.

한동안 그런 밤을 보내던 중, 생각이 많아지는 밤에는 무작위로 유튜브 영상을 골라 시청한다는 누군가의 말이 떠올랐다. 멍한 눈으로 유튜브를 뒤적이다 목록 중 러닝타임이 가장 긴 '입짧은햇님'의 방송을 틀었다. 화면 속의 그가 음식을 씹어 삼키며 행복해하고 있었다. 행복을 깨물어 먹는 것처럼 보이기도 했다. 입안에서 으깨어지는 행복들을 상상하며 어쩌면 행복이란 거 되게 시시할지도 모르겠다는 생각을 했다. 잔뜩 쌓인 음식들이 빠르게 줄어드는 것을 보며 내가 짊어진 이 산더미 같은 시간과 번거로운 삶의 용무들도 저 음식처럼 얼른 사그러들길 소원했다. 그가 님들은 오늘 뭐 먹었느냐고, 님들은 어떻게 사느냐고 물어봐주는 게 꼭 나한테 하는 질문 같았다. 그 잠깐이 하루 중 유일하게 스스로에게 유심한 시간이었다. 내가 오늘 뭐 먹었더라. 뭘 했더라. 그라도 내게 묻지 않았더라면, 글쎄 내가 나를 궁금해할 이유가 있었을까.

그의 방송이 끝나갈 무렵이면 하루 종일 없었던 식욕이 돌았다. 그저 뭔가를 먹고 싶어졌다. 굴처럼 파고들었던 이불을 젖히고 라면을 하나 끓여 먹었다. 배가 부르니 잠이 쏟아졌다. 눈앞이 어룽어룽해지는 졸음 속을 헤매면서 나 배고픔보다 별것 아닌 걸로 지나치게 괴로워했나 하는 생각에 조금 머쓱해하다가 어느새 잠이 들었다.

그 후로 한참이 지나서 언니를 만났다. tvN 〈놀라운 토요일〉에 그를 섭외하기 위해서였다. 햇님 언니와 미팅을 하던 날, 제작진 중 가장 팬임을 자처했던 내가 메인 피디님과 메인 작가님을 따라 나섰다. 미팅 장소 문을 열고 들어오는 햇님 언니를 보고 방송 일을 한 이래 처음으로 설렜다. 여러 명의 유명 배우와 잘 나가는 아이돌을 봐도 심드렁해서 고장 난 줄 알았던 심장이 드디어 반응한 것이다. 사람이 긴장과 황홀을 동시에 겪으면 몸에서 힘이 살살 빠져나가 속수무책이 되고 만다. 나는 햇님 언니 앞에서 정말이지 속수무책이었다. 미팅 내용을 타이핑해야 한다는 본분을 망각한 채로 헤벌쭉 웃으며 햇님 언니에게 눈빛으로 마구 질척였다. 미팅을 마치고 엘리베이터를 기다리는 그에게 정말 좋아한다고 무척 팬이라고 말했다. 그는 갑작스러운 나의 고백에 조금 당황하며 고맙다고 하하 웃었다.

방송을 몇 달쯤 했을 때 햇님 언니가 막내 작가들에게 밥을 사고 싶다고 했다. 출연자가 개인적으로 밥을 먹자고 한 적은 처음인 데다가 우리처럼 영향력 없는 막내 작가들을 위해 시간을 내준다니 어색하면서도 좋았다. 그리고 궁금했다. 언니는 정말이지 왜 우리를 만날까. 동료 작가들도 나와 같은 생각을 했는지 좋으면서도 의아한 눈치였다.

연남동에서 언니를 만났다. 촬영장이 아닌 사석에서 만난 언니는 왠지 더욱 연예인처럼 보였다. 언니가 미리 예약해둔 식당을 향해 걸으면서 날씨가 너무 좋다는 얘기를 했다.

"언니, 이렇게 날씨까지 완벽한 주말을 저희 같은 쪼렙들한테 써도 되는 거예요?"

농담처럼 한 말이었는데 언니는 놀란 눈을 했다.

"제가 방송국 일은 잘 모르지만 막내 분들이 가장 애를 쓰신다고 들었어요. 작가님들이 저를 잘 챙겨주시고, 그게 항상 고마워서 꼭 밥을 사고 싶었어요. 제가 할 수 있는 게 밥 사는 거 말고는 없으니까요."

언니는 밥 안 사도 된다고, 그러지 않고도 내 울적한 밤을 여러 번이나 구원했다고 말하고 싶었는데 그건 대낮에 하기에는 무지하게 오글거리는 말이라서 참았다.

언니는 행동으로써 자신의 말이 진심임을 증명했다. 우리는 해가 질 때까지 언니의 추천 맛집들을 도장 깨기 하듯 섭렵했다. 그러나 우리가 아무리 용을 쓰며 먹더라도 절대로 언니를 만족시킬 수 없을 것 같았다. 언니 몸에는 외할머니가 열한 명 정도 들어 있는 것이 틀림없었다. 끝도 없이 음식을 권했고 우리가 특정 메뉴를 조금이라도 맛있어하면 추가 주문을 서슴지 않았다. 그의 마지막 남은 손녀딸이 된 기분이었다. 구름도 음식도 언니의 다정도 무엇 하나 빠짐없이 따뜻하고 푸짐해서 자꾸만 나른해졌다.

우리가 더 이상은 못 먹겠다며 백기를 들었을 때 언니는 단골 술집으로 우리를 안내했다. 그곳에서 느린 속도로 와인을 여러 병 비우며 해가 뜰 때까지 이야기했다. 햇님 언니의 삶이 궁금했다. 그날 하루도 햇님 언니를 알아보고 사진이며 사인을 요청하는 사람들이 많았다. 연예인으로 사는 건 어떤 기분이냐고 물었더니 언니는 살짝 민망해하며 "에이~ 제가 무슨 연예인이에요~" 했다. 우리는 주말 예능 버라이어티에 고정으로 나오는 사람이 연예인이 아니면 뭐겠냐고 장난스럽게 막 따졌다. 언니는 "너무 고맙죠. 감사하고."로 운을 떼더니 덧붙였다.

"그런데 이런 걸 예상하지 못했거든요. 감사하면서도 겁이 나요. 제가 실수를 하면 너무 많은 미움을 받을까 봐. 저 보다시피 대단할 것 하나도 없는 완전 평범한 사람이거든요. 그리고 주변 사람들한테도 피해 끼칠까 봐 걱정되고… 걱정이 많아요."

나는 언니가 계속해서 걱정했으면 좋겠다고 생각했다. 걱정을 하는 사람들은 걱정스러운 일을 잘 안 하게 되니까. 걱정이 언니 곁에 오래오래 붙어서 그를 지켜주길 바랐다. 그래도 언니는 무척 행복하다고 했다. 고마운 사람들에게 고마운 걸 표현할 수 있는 요즘이 좋다고. 좋고 고마운 사람이 너무 많았는데 잘됐다고. 그런데 원래 좋고 고마운 사람들은 좋고 고마운 사람들 곁으로 모인다는 사실을 언니는 알까.

우리 엄마가 입에 달고 사는 말이 떠올랐다.

"잘 먹는 사람 중에서 성격 나쁜 사람을 본 적이 없어. 마음이 넉넉하니까 밥도 많이 들어가는 거야."

먹는 양과 마음의 크기를 상관 짓기란 지나치게 억지스럽고 맹점이 너무 많다는 것을 알면서도 햇님 언니를 보면 엄마의 말을 꼭 믿어야 할 것만 같았다.

그날 나는 조금 취해서 햇님 언니가 건강하게 오래오래 일했으면 좋겠다고 말했다. 진심이었다. 언니가 밝은 에너지를 화면 밖으로 뿜어내며 여럿의 우울한 새벽들을 구했으면 좋겠다. 나의 새벽을 구원했듯이 말이다.

2부

어설픈 마음은
언젠가 무르익는다

최초의 주먹질

기억이 시작될 무렵부터 오랫동안 허름하여 가난의 분위기를 풍기는 아파트에서 살았다. 가난한 사람들이 낳은 가난한 아이들은 동네 복지관에서 무료 공부를 마친 뒤 공짜 밥을 얻어먹고 좁고 기다란 아파트 복도에서 부모를 기다리며 놀았다.

영세민 아파트 105동 1303호의 딸이었던 나는 나이가 비슷한 1310호의 딸과 1307호의 아들, 그리고 1302호의 딸과 친남매처럼 지냈다. 우리들은 가난한 부모를 둔 덕분에 학원이나 숙제 따위에 시간을 낭비할 필요 없이 오롯이 노는 것에만 집중하며 하루를 다 쓸 수 있었다.

우리는 해가 머리 꼭대기에 떴을 즈음 아파트 앞 놀이터에 모여 얼음땡 놀이를 하거나 삐거덕대는 그네를 타며 시간 가는 줄 모르고 놀았다. 어스름한 저녁이 되면 일을 마치고 돌아온 부모가 저녁을 먹으라고 복도에서 고개를 내밀고 소리를 쳤다. 그러면 우리는 함께 엘리베이터를 타고 13층으로 올라갔다. 엘리베이터 안에선 항상 오줌 지린내가 심하게 났다. 우리는 13층에 다다를 때까지 손바닥으로 코와 입을 막고 숨을 참았다. 손바닥에선 그네 줄에서 붙어온 진한 쇠냄새가 났다. 우리는 각자의 집에서 배를 불린 뒤 복도에 모여 세일러문이나 웨딩피치 놀이를 하며 배가 꺼질 때까지 놀았다.

언제까지나 놀이로만 꽉 찰 줄 알았던 나의 찬란한 시절이 한순간 암흑 속으로 곤두박질쳤다. 13층 끝 집에 승수네가 이사 온 후부터였다. 승수는 나보다 한 살 어린 까무잡잡한 남자애였는데, 그 애는 내가 쓴 사시교정용 안경이 바보 같다는 이유로 나를 놀렸다. 친남매 같았던 13층 애들도 덩달아 나를 놀리기 시작했다. "얼레리 꼴레리 강이슬 눈은 짝짝이 눈이래요." 내 치부에 음까지 붙인 놀림노래는 언제고 내가 그들 눈에 띌 때마다 튀어나왔다. 어느 순간부터 나는 늘 서럽게 울며 가장 먼저 집에 돌아오는 아이가 되어 있었다.

아빠가 울면서 집에 돌아오는 내 모습을 열몇 번째 보았던 날, 아빠는 내 눈물을 닦아주며 더 이상 참지 않겠다고 말했다. 아빠는 다음 날 연차를 냈다. 여름휴가 기간에도 돈 번다며 회사에 나갔던 아빠였다. 아빠는 출근하지 않는 꿀 같은 평일을 소심한 울보 딸의 정신 수련에 올인했다. 정신 수련의 첫 번째 챕터는 자존감 쌓기였다. 아빠는 놀림거리였던 내 눈을 칭찬해주기 시작했다.

"딸, 딸 눈이 얼마나 크고 예쁜데. 두 쪽 다 예쁘게 까풀져서* 속눈썹도 길고."

"아니야! 눈동자가 짝짝이란 말이야."

"그런 걸 놀리는 놈들이 바보 같은 거야. 너도 같이 따져버려. 울지 말고."

도대체 이해할 수 없었다. 어떻게 같이 따지란 말인가. 어쨌든 저들의 눈은 짝짝이가 아닌데.

아빠가 어떤 말을 해도 도저히 내 눈을 사랑할 수가 없을 것 같아서 나는 그냥 서럽게 울어버렸다. 아빠가 야심차게 준비했던 정신 수련의 챕터 원이 허무하게 수포로 돌아갔다.

챕터 투는 '눈에는 눈, 이에는 이'였다. 아빠는 말했다.

"딸, 눈에는 눈, 이에는 이라는 말 알아?"

"눈에는 눈이 달리고 이빨에는 이빨이 달렸다는 말이야?"

"아니! 똑같이 되갚아주라는 말이야. 너를 놀리면 너도 걔네의 약점을 잡아서 놀려!"

나는 아빠 말을 듣고 눈을 흘기며 따졌다.

"아빠는 내가 걔들이랑 똑같이 나쁜 놈이 됐으면 좋겠어? 그러다 나 지옥 가면 어떡해!"

야물딱진 내 반박에 챕터 투도 실패했다. 아빠가 조금 생각하더니 목소리를 낮추고 비밀을 말하듯 속삭였다.

"딸, 딸이 아빠 닮아서 힘센 거 알지?"

챕터 쓰리의 시작이었다.

"13층 아빠들 중에 아빠가 제일 힘이 세. 그거 알지?"

나는 혹해서 세차게 고개를 끄덕였다.

"그럼 13층 애들 중에 누가 제일 힘이 세겠어?"

"나…?"

아빠가 갑자기 엎드리더니 팔씨름을 제안했다. 나도 얼떨결에 아빠를 마주보고 엎드려 자세를 잡았다. 아빠가 두 손가락으로 내 팔목을 걸어 쥐고 시작을 외쳤다. 나는 얼굴이 빨개지도록 팔목에 힘을 주었다. 아빠의 손가락이 넘어갈 듯 넘어가지 않았다. 이만 포기할까 싶어 아빠의 얼굴을 봤는데 아빠가 힘을 주느라 인상을 잔뜩 쓰고 있었다. 좀 승산이 있는 게임 같았다. 나는 기합소리를 내며 다시 한 번 팔목에 힘을 주었다.

"얍!"

아빠가 윽 소리를 내며 옆으로 뒹굴었다. 끙끙대던 아빠가 겨우 몸을 추스르더니 너덜거리는 팔을 붙잡으며 내 힘이 제법이라고 칭찬했다. 여전히 인상을 쓴 채였다. 나 때문에 고통스러워하는 아빠를 보니 기분이 마냥 좋지만은 않았지만 한편으로는 세상에서 제일 센 남자를 이겼다는 생각에 자신감이 샘솟았다.

"딸, 승수 고 자식이랑 너랑 둘 중에 누가 더 키 커?"

내가 자신 있게 나라고 대답했다.

"승수는 너보다 어리지?"

"응!"

"그럼 고 어리고 쬐끄만 놈이 또 놀리면서 까불면 주먹으로 한 대 때려버려!"

"때리라고…?"

맞기는 맞았어도 누군가를 때려본 적은 없는 나였다. 아빠는 손바닥을 쫙 펼치더니 손바닥이 승수의 얼굴이라고 생각하고 한번 때려보라고 말했다. 나는 주먹으로 아빠의 손바닥을 몇 대 쳤다. 가만히 내 주먹을 상대해주던 아빠가 뭔가 아쉽다는 듯 고개를 갸웃했다. 나 또한 이런 식으로는 승수를 이길 수 없을 것 같다는 생각이 들어 조금 시무룩해졌다. 아빠가 주먹을 쥐어보라고 말했다. 나는 최대한 단단해 보이도록 힘주어 주먹을 감아쥐었다. 내 주먹을 보고선 아빠가 말했다.

"딸, 이런 주먹은 가위바위보 할 때 쥐는 주먹이야. 주먹질 할 때는 이렇게 쥐면 안 돼."

아빠는 내 주먹을 가운데 손가락이 뾰족하게 튀어나온 모양으로 고쳐주었다.

"요기 이렇게 뾰족하게 튀어나온 쪽으로 인중을 세게 때려버려!"

"인중이 어딘데?"

"여기!"

아빠가 자신의 코밑을 가리켰다.

"왜 인중을 때려?"

"딸 주먹이 꽤 센 편이라서 코를 때리면 뼈가 부러질 수도 있을 것 같아. 살짝 혼내만 주자!"

나는 가운데 손가락이 튀어나온 내 주먹을 바라보았다. 무엇이라도 부실 수 있을 것처럼 강해보였다. 아빠가 손바닥을 다시 펼치더니 이번에는 승수의 눈, 코, 입의 자리를 정해주었다.

나는 인중이 있을 법한 위치에 뾰족한 주먹을 몇 대 꽂아넣었다. 아빠가 아픈 표정을 지으며 손을 털었다.

"장난 아닌데?!"

내가 신이 나서 웃었다.

"딸, 주먹으로 한 대 때리고는 이렇게 말해! (주먹을 들어 보이며) 한 방? (승수를 가리키며) 끝나!"

아빠를 따라해 보았다.

"(주먹을 들어 보이며) 한 방? (승수를 가리키며) 끝나!"

기가 막히게 멋진 멘트였다. 마침 복도에서 13층 애들이 떠들며 노는 소리가 들렸다. 승수의 웃음소리도 들렸다. 나는 아빠의 눈을 쳐다보았다. 아빠가 고개를 끄덕였다. 나가도 좋다는 뜻이었다. 나는 약간 떨리는 마음으로 현관문을 열었다.

"정의의 이름으로 널! 용서하지 않겠다!"

복도에서는 13층 애들이 뛰어다니며 세일러문 놀이를 하는 중이었다. 속으로 정의가 무엇인지 제대로 알려주마 하고 생각했다. 승수랑 눈이 마주쳤다. 나는 주먹을 뾰족하게 고쳐 쥔 채로 승수를 향해 거침없이 걸어갔다. 승수가 나를 보더니 짝짝이 눈이라며 손가락질했다.

승수의 코앞까지 다가갔을 때, 난데없이 바람이 불었다. 엄마가 아침에 단정하게 묶어준 삐삐머리 양쪽이 서로 다른 방향으로 원을 그리며 흩날렸다. 복도 난간에 앉아 있던 회색 비둘기들도 푸드덕거리며 허공에 몸을 던져 날아갔다. 정신을 차려보니 승수가 코를 움켜쥐고 눈물이 그렁그렁한 채로 바닥에 앉아 나를 바라보고 있었다. 10호와 7호와 2호의 아들딸들은 두 손으로 입을 막은 채 얼어붙어 있었다. 나는 고요한 정적에 화들짝 놀라 집을 향해 도망을 쳤다. 현관문을 잡았을 때 퍼뜩 아빠의 목소리가 머릿속에서 메아리쳤다. 나는 문고리에서 손을 떼고는 몸을 돌려 승수가 있는 쪽을 바라보았다. 승수는 여전히 얼빠진 상태로 엉덩이를 깔고 바닥에 앉아 있었다. 나는 배에 힘을 주고 승수를 향해 외쳤다.

"(주먹을 들어 보이며) 한 방? (승수를 가리키며) 끝나!!!"

할 일을 끝까지 마친 후 서둘러 문고리를 돌려 현관문을 열었다. 아빠가 신발장 바로 앞까지 마중 나와 있었다. 아빠가 웃었다. 나도 키득거렸다. 문밖에서 승수가 크게 우는 소리가 났다.

아빠랑 승리를 자축하며 된장국에 밥을 말아먹고 있는데 초인종이 울렸다. 문을 열어보니 승수네 엄마가 승수의 손을 잡고 서 있었다. 승수는 양쪽 콧구멍에 휴지를 쑤셔 넣고 있었다. 아빠가 뒷목을 긁적이며 죄송하다고 연신 사과하는 소리를 된장국을 퍼 먹으며 들었다. 식탁 밑으로 다시 한 번 주먹을 뾰족하게 쥐어보았다. 주먹이 조금 떨렸다.

* 겹겹이 층을 진 모습.

용기는 어디에서 오는가

어릴 적의 나는 용감했다. 매일매일 쏟아지는 무수한 '처음'들을 기꺼이 온몸으로 부딪쳤기 때문이다. 첫 심부름, 첫 등교, 첫 친구, 첫 발치. 어린 내가 느끼기에도 너무하다 싶을 정도로 처음인 것은 아주 많았고, 모든 처음은 저마다 다른 양의 용기를 필요로 하는 도전이었다. 다행히도 어린 이슬이는 순식간에 용기를 내는 멋진 아이였다. 용기가 필요한 순간이면 그저 눈을 질끈 감고 아빠에게 배웠던 노래 한 소절을 떠올렸다. '외로워도 슬퍼도 나는 안 울어. 참고 참고 또 참지 울긴 왜 울어. 웃으면서 달려보자 푸른 하늘.' 그러면 마치 만화영화 속 당차고 밝은 캔디처럼 용기 게이지가 쭉쭉 차오르는 것이 느껴졌다. 용기가 든든하게 차오르면 '처음'에서 오는 두려움은 금방 아무것도 아닌 것이 되었다.

그때 그렇게 넘치던 용기들은 다 어디로 가버린 걸까. 어른이 된 지금은 외로워서 울고 슬퍼서 운다. 도전 앞에서 너무 오래, 그리고 자주 머뭇거린다. 눈을 감으면 용기가 샘솟는 대신 넘어야 할 장애물들만 아른거린다. 너무 늦은 것 같은 나이, 부족한 시간, 실패에 대한 불안함.

그럴 때면 재빨리 내가 아는 가장 용기 있는 한 사람을 떠올린다. 짧고 꼬불꼬불한 파마머리, 작은 키에 꼿꼿한 등, 몸집보다 더 큰 가방, 주름져 야들야들한 피부.

20대 초반 유럽 여행 도중 71세 할머니를 만나 이틀을 동행한 적이 있다. 경기도 외곽에서 평범하게 농사 지으며 살고 있다던 할머니는 막내아들이 장가를 간 7년 전부터 매년 추수가 끝난 가을, 홀로 여행을 떠난다고 했다. 노인회관에서 틈틈이 배운 인터넷 실력으로 정보를 찾아 여행 계획을 짜서 짧게는 열흘, 길게는 한 달 동안 유럽을 여행한다며 이번 여행을 위해 손수 만든 가이드북을 보여주었다. 양면이 손글씨로 빽빽한 A4 용지 꾸러미였다. 할머니는 이것 잃어버리면 한국에 못 돌아간다고 허허 웃었다. 그는 여행하는 매 순간이 두렵다고 했다. 배낭을 꾸릴 때는 내가 이 짐을 다 지고 걸을 수 있을까 싶어 두렵고, 비행기 티켓을 끊을 때는 영어 까막 눈인 내가 티켓을 제대로 끊은 건지 믿을 수 없어 두렵고, 첫 도시에 내릴 때는 배낭을 도둑맞을까 두렵고, 여행 중에는 기력이 다해 연고도 없는 곳에서 죽을까 봐 두렵다고 했다. 그렇게 두려우면서도 여행을 하는 이유가 무엇이냐고 묻자 할머니는 먼 곳을 보며 대답했다.

"글쎄… 난생처음으로 여행을 간 날 그런 생각이 들더라고, 이 장관을 못보고 죽었으면 얼마나 억울했을까. 나는 지금의 두려움보다 나중의 후회가 더 무서워서 여행을 다니는 것 같아."

할머니는 가장 답답한 건 짧은 영어도, 서툰 인터넷 실력도 아닌 마음처럼 움직여주지도 않는 주제에 자꾸 아프기만 한 허리와 다리라고 했다. 좋은 데 다니느라 닳은 관절이라면 억울하지도 않을 텐데 일만 하느라 다 닳아버려 이제 좀 누려 보려니 속을 썩인다고, 예순만 되어도 소원이 없겠다며 마른 무릎을 매만졌다.

그는 절대로 사진을 찍는 일이 없었다. 멋진 건축물과 경관과 조형물을 그저 바라만 보았다. 왜 사진으로 남기지 않느냐는 내 질문에 그는 내가 죽으면 불태우느라 애들만 고생할 것 아니냐며 이렇게 바라보고 머릿속에 남기는 게 속 편하다고 대답했다. 그가 풍경들을 머릿속에 새기는 동안 나는 그의 뒷모습을 마음에 새겼다. 꼿꼿하게 등을 펴고 먼 곳을 바라보던 그에게서 두려움이나 망설임 같은 건 느낄 수 없었다. 용기를 사람의 모습으로 치환한다면 지금 이 모습이 아닐까 속으로 생각했다.

용기는 어디에서 오는 걸까. 그보다 먼저, 무엇이 우리를 도전 앞에서 머뭇거리게 하는 걸까. 너무 늦은 나이일까, 부족한 능력일까, 약한 체력일까. 그런 것들이 과연 핑계가 될 수 있을까. 용기가 필요한 날이면 그를 생각한다. 그의 짧고 꼬불꼬불한 파마머리, 작은 키에 꼿꼿한 등, 몸집보다 더 큰 가방, 주름져 야들야들한 피부를 떠올리면 도전할 수 없는 핑계를 도저히 찾지 못하겠다.

아이 덕 유

　　내 친구 지네는 중학생 때 조니 뎁에 푹 빠져 있었다. 아니지, 완전히 미쳐 있었다. 그는 조악한 모양의 잭 스패로 반지를 약지에 끼고 다니며 그것을 통해 조니 뎁의 영혼을 느낄 수 있다고 정말로 믿었다. 조니 뎁의 슬픔과 기쁨은 물론 허기까지도 느껴진다고 했다. 그래서 지네는 점심을 먹은 직후에도 매점에서 빵을 사 먹었다. 오직 조니 뎁의 허기를 달래기 위한 크림빵이었다. 언젠가 그에게 "야, 조니 뎁 결혼해서 애까지 있대."라고 말했을 때 지네는 이렇게 대답했다. "나 조니 뎁의 여자까지도 사랑할 수 있어. 애들까지도 사랑할래." 나는 대단한 충격을 받았다. 영원히 닿지 않을 것이 분명한 사랑에 이렇게까지 미쳐도 되는 걸까. 그것도 고작 중학생이! 그것도 무려 외국인한테! 엄마, 아빠한테 허락도 안 받고?

　고등학교 입학 첫날. 친구 두 명이 내게 다가와 물었다. "동방신기가 좋아, SS501이 좋아?" 듣자 하니 한 명은 윤호 부인이었고 한 명은 정민 여친이었다. 나는 이승기가 좋은 것 같다고 말했다. 그들은 내 대답이 아주 중요한 의견인 것처럼 사뭇 진지한 표정으로 작은 노트에 무언가를 적었다. 윤호 부인과 정민 여친은 자신들도 이승기의 곡을 좋아한다는 말을 남기고 다른 친구들에게 인기투표를 하러 떠났다. 그들의 뒷모습을 보며 나도 모르게 참았던 숨을 내쉬고 안도했다. 사실은 좋아하는 연예인이 없었다. 이승기의 어디가 좋으냐고, 어떤 노래를 가장 좋아하느냐고 물었더라면 나는 얼빠진 얼굴로 콧구멍만 벌렁거릴 뻔했다. 그나저나 '좋은 것 같은' 건 또 뭐람. 조금 전의 대답을 가볍게 반성하고 있었는데 저쪽에서 윤호 부인이 다른 친구와 호들갑을 떨며 하이파이브하는 모습이 보였다. 동지(?)를 찾은 모양이었다. 신기하게도 나를 제외한 모든 아이는 누군가의(혹은 뭔가의) 열렬한 팬이었다.

친구들은 각자의 선명하고 확고한 덕심을 공유하며 끈끈해졌다. 나에겐 없는 마음이었다. 손에 쥘 수 없는 사랑을 앓고 선망하는 친구들을 볼 때마다 왠지 뒤처지는 것만 같은 느낌을 떨칠 수 없었다.

애들은 눈을 떠서부터 눈 감기 전까지 오빠들을 생각했다. 오빠들은 그야말로 전지전능함 그 자체였다. 교과서에 알레르기 반응을 일으키며 맨 뒷자리에서 창문만 바라보는 애들도 눈에 불을 켜고 공부하게 했다. '이상형은 지적인 스타일이에요.' 오빠들의 한마디면 충분했다. 먹어도 먹어도 배고픈 고딩들을 굶게도 했다. 콘서트나 팬 사인회를 열면 되는 일이었다. 친구들의 대화 주제는 거의 100퍼센트 아이돌이었다. 나는 그들 사이에서 소외되지 않으려고 학창 시절 내내 덕코(덕후 코스프레)를 했다. 소녀시대의 유리와 윤아를 정확히 구분하려고 친구들 몰래 나머지 공부를 했고, 유행하는 가요의 하이라이트 안무를 대충이라도 흉내 내기 위해 친동생에게 댄스 과외를 받았다. 교실 뒤편에서 어떤 아이돌을 위한 생일 파티가 열리면 진심으로 축하하는 척 생일 축하 노래를 따라 부르고 초코파이를 얻어먹었다. 나의 축하를 받는 아이돌이 어떤 히트곡을 냈는지, 어떤 그룹에 속했는지조차 모를 때가 허다했다. 고등학교를 졸업할 때 가장 후련했던 것은 교복과 0교시, 야간자율학습으로부터의 자유가 아니라 덕코로부터의 해방이었다. 사회에 나가면 다시는 덕후들에게 둘러싸일 일은 없을 거라고 생각했다. 그런데 이게 웬 운명의 장난인지 정신을 차려보니 방송국에서 일하는 중이다. 전보다 더 진보적이고 심층적인 덕후들과 함께 일하는 지금, 이제는 그냥 나를 놔버렸다. 회사 동료들이 방탄소년단의 슈가가 너무 귀엽다고 얘기하면 나는 고전 걸그룹 '슈가'를 떠올리고는 아유미가 최애라고 대답한다. 어쩐지 안쓰러운 눈빛을 보내는 동료들에게 멋쩍은 표정으로 뒷머리를 긁적여 보이며 어색한 상황을 무마한다.

주변을 돌아보면 나만 빼고 모두가 덕질을 하고 있다. 동료들은 연예인을, 애인은 음악을, 부모님은 예수님을, 친구들은 뮤지컬을, 단골 술집 사장님은 스포츠를 덕질한다. 뭔가에 깊이 빠져 있는 사람들을 볼 때면 부럽다가 그렇지 못한 자신에게 연민을 느낀다. 나는 열정이 없는 사람인가. 왜 그 무엇에도 깊이 빠지지 못하는가. 나도 뭔가에 깊게 빠져보고 싶다. 돈과 시간을 아무리 들여도 전혀 아깝지 않은, 덕질 자체만으로 더없이 충만한 기분을 느껴보고 싶다. 좋아하는 대상의 특이사항과 역사와 신변잡기를 줄줄 읊는 멋지고 정열적인 덕후가 딱 한 번만이라도 되어볼 수 있다면…! 사실 덕질의 가능성이 보이는 대상을 포착할 때마다 푹 빠져보려고 노력을 해봤는데 늘 실패했다. 하긴, 사랑을 노력한다는 게 말이 되니.

덕후들이 부러워 죽겠다. 어떻게든 트집을 잡아 덕후들의 기질을 폄훼하고 싶어서 덕질은 전생의 업보일지도 모른다고 마음대로 생각한 적이 있다. 현생의 덕후들은 지난 생에 사랑을 심하게 많이 받은 거다. 그 사랑을 다 갚지도 않고 죽어서 전생에 빚진 사랑을 이번 생에 부지런히 갚아야 하는 숙명. 그런데 조금 더 생각해보니까 이보다 더 감사한 업보도 없다. 사랑을 받고 또 받다가 죽었는데 다시 살아나서 사랑을 하고 또 하며 행복할 운명이라니! 뭐야, 이런 식이라면 업보는커녕 지난 생에 쌓은 '덕(德)'에 더 가깝다. 가만, 그래서 덕질인가?

덕후, 내 눈에 그들은 사랑만으로 시공간을 훌훌 뛰어넘는 초능력자들로 보인다. '그대'가 과거에 살았건 혹은 닿을 수 없는 곳에 있건 그 따위 시공간쯤 사뿐히 '즈려밟는' 힘은 도대체 어디에서 솟아나는 걸까. 나는 그 아득한 시공간이 먼저 느껴져서 덕질이 되지 않는 인간이다. 그러고 보니까 어쩌면 지네가 그때 느낀 허기는 정말로 조니 뎁의 배고픔이었을지도 모르겠다. 그때 지네는 시공간을 초월하고도 남을 사랑을 지니고 있었으니까.

바바리맨 울리기

열아홉의 초겨울이었다. 식판에 꽉꽉 채운 석식을 두 그릇이나 뚝딱 비워낸 주제에 살을 뺀답시고 친구들과 어둑해진 잔디 운동장을 걷고 있었다. 바람이 제법 차서 얼굴이 시리다 못해 땡땡하게 부어 찢어질 것 같았지만 공부하는 친구들을 신경 쓰지 않고 수다를 떨 수만 있다면 그깟 추위쯤이야 별것도 아니었다.

우리 학교 운동장을 삥 두른 높은 담벼락 너머에는 주인 없는 묘지가 여러 개 있었는데, 그중 한 묘지 뒤에서 수상한 움직임이 감지되었다. 주변이 캄캄해서 또렷하게 잘 보이진 않았지만 검은 그림자가 묘지 뒤에서 느리게 빼꼼빼꼼 움직이고 있었다.

아, 극심한 수능 스트레스로 인해 이제는 귀신까지 보게된 건가.

나는 묘지 뒤에 귀신이 있다며 친구들을 불러 모았다. 친구들의 시선이 묘지 뒤의 어떤 것에 꽂혔다. 을씨년스러운 날씨가 묘지 뒤의 꾸물거리는 것이 귀신이라는 의견에 힘을 보탰다.

우리는 묘지 뒤의 그것이 귀신이 아니길 바라면서도 귀신이길 기대하며 묘지 쪽으로 숨 죽여 다가갔다. 우리가 가까이 다가가자 묘지 뒤의 그림자가 수-욱 솟았다. 우리는 그게 뭔지 제대로 보진 못했지만 갑작스러운 움직임에 일단 너무 놀라서 소리를 질렀다. 몇 명은 거의 넘어질 뻔하며 도망을 쳤다. 정신을 차리고 그림자의 정체를 똑바로 쳐다보니, 그것은 다행히도(?) 귀신이 아닌 성인 남자였다.

그 남자는 울타리 가까이로 오더니 학생들을 내려다보며 바지를 내리고 자위를 하기 시작했다. 남자의 허벅지는 엄청 얇았고 너무 하얘서 핏줄이 다 보였다. 생전 처음 본 거시기는 너무 적나라하고 징그러워서 SF 영화의 외계인처럼 현실성이 없어 보였다.

그 남자는 도망가는 학생들을 보더니 기세가 등등해져서 더 가열차게 골반을 흔들어댔다. 순진하고 착한 여고생들을 깜짝 놀라게 했다는 사실에 꽤 흥분하는 것 같았다. 우리는 순진하고 착하긴 했지만 애석하게도 바바리맨을 두려워할 만큼 가녀린 고딩들은 아니었다. 우리는 튼실한 종아리와 단단한 어깨를 가진 공부에 찌들어 있던 깡촌의 고딩들이었다. 아, 호기심도 장난 아니게 많았다.

운동장에 바바리맨이 출몰했다는 놀라운 뉴스에 학생들이 몰려왔다. 아까 귀신인 줄 알고 도망가다 넘어졌던 친구들도 치마 속에 껴입은 체육복을 툭툭 털고는 급하게 우리 무리에 합류했다. 우리는 남자의 잘못된 기세등등함을 아주 박살내주고 싶었다.

"내려와라!"

우리 중 어떤 애가 바바리맨에게 소리쳤다. 다른 애들도 바바리맨에게 내려오라고 잇따라 소리쳤다. 남자는 자신의 시나리오와 다르게 흘러가는 전개에 당황했는지 빠르게 움직이던 손을 천천히 멈췄다. 차가운 바람 때문인지 바바리맨의 허벅지가 빨갛게 얼고 있었다.

여기저기서 찰칵찰칵 소리가 들렸다. 휴대폰으로 사진을 찍던 어떤 애가 강압적인 어조로 외쳤다. "브이 해봐!"

남자는 약간 멈칫하더니 슬슬 뒷걸음을 치기 시작했다. 우리는 매일매일 똑같아 지루하기 짝이 없던 고3의 루틴에 예고 없이 떨어진 축복 같은 해프닝을 놓치고 싶지 않아 마음이 급해졌다. 우리 중 어떤 애가 남자와 대화를 시도했다.

"가지 마!!"

남자는 당연히 들은 척도 안 하고 뒤로 돌아 도망칠 채비를 했다. 우리는 마음은 급했지만 남자를 잡을 뾰족한 수가 없어서 초조한 마음으로 뒷걸음질치며 멀어지는 남자를 쳐다만 보고 있었다. 남자가 거의 튀기 직전 어떤 애가 놀라운 제안을 했다.

"돈 줄게!"

놀랍게도 남자가 걸음을 멈추고 뒤를 돌아봤다.

누가 먼저랄 것도 없이 우리는 일제히 교복 주머니와 체육복 주머니를 뒤지기 시작했다. 매점에 가서 빵 사 먹으려고 아껴뒀던 꼬깃한 1,000원짜리들이 모이기 시작했다. 그중에는 5,000원짜리를 내는 애도 있었으나 친구들은 개한테

4,000원을 거슬러줬다. 바바리맨을 희롱하는 대가는 그 짧은 시간 만에 암묵적으로 1,000원에 책정된 것이었다.

우리는 걷어 모은 1,000원짜리를 고무줄 머리끈으로 돌멩이와 함께 묶어 담벼락 위쪽으로 던졌다. 바바리맨은 자신의 두세 걸음 앞에 떨어진 1,000원짜리 묶음을 보고 고민하기 시작했다. 돈을 주우라고 닦달했다가는 남자가 도망가버릴 것 같았기 때문에 숨을 죽이고 남자의 다음 행동을 기다렸다. 남자는 결심한 듯 돈을 주웠다. 우리는 뭔가 되게 기뻤다. 수능에서 올 1등급을 맞아도 이보다 더 큰 성취감은 느낄 수 없을 것 같았다. 남자가 돈이 묶인 돌멩이를 집어 들자 애들은 부지런히 휴대폰으로 사진을 찍기 시작했다. 신이 난 애들이 남자를 골렸다.

"이 사진 싸이월드에 올릴 거야. 내일 뉴스로 확인해라. 한심한 변태 새끼야!"

남자는 자존심이 상해 화가 났는지 돈이 묶인 돌멩이를 꽉 쥐며 "씨발." 하고 읊조렸다.

우리 중 한 명이 훨씬 더 현란한 욕으로 남자의 도발에 맞섰다.

"뭐 이 씨이-바 변태 새꺄 왜 욕하고 지랄이야!"

순간 욕을 들은 남자의 눈빛이 바뀌었다. 그 전이 미친놈의 눈빛이었다면 지금은 미친 새끼의 눈빛이었다. 남자는 "죽여버린다!"라고 외치더니 울타리 앞으로 성큼성큼 다가왔다. 바바리맨과 여럿의 여고생이 낡은 울타리를 사이에 두고 팽팽하게 대치했다. 우리는 한 목소리로 "죽여봐, 변태 새끼야. 내려와봐, 와봐!! 쫄리냐?" 하고 깔깔대며 바바리맨을 능욕했다. 그는 진짜로 열이 받아서 성큼성큼 울타리를 넘기 시작했다. 울타리를 넘긴 했지만 높은 담벼락이 문제였다. 남자는 뛰어내리려고 폼을 잡았다가 안 되겠다 싶었는지 일단 울타리를 잡고 대롱대롱 매달렸다. 남자는 담벼락에 얕게 파인 홈에 발을 걸치려고 안쓰럽게 버둥대기 시작했다. 우리는 남자의 우스꽝스러운 몸짓을 보면서 한껏 센 척 비웃고는 있었지만 내심 무서웠다. 아무리 그의 허벅지가 우리보다 한참은 얇다 한들 상대는 성인 남자, 그것도 미친 남자니까. 저 남자가 착지하는 순간 순진하고 착한 우리 고딩들이 위험에 빠질 것 같았다. 남자의 발이 괜찮은 홈을 찾아 안정적으로 머물렀을 때, 우리 중 어떤 애가 갑자기 허공을 향해 "선생님!!!!!!!!" 하고 외쳤다.

우리는 짜기라도 한 듯 "선생님 이쪽이에요!!" 하며 선생님이 멀리서 뛰어오는 것처럼 연기했다.

울타리에 매달려 있느라 뒤를 돌아볼 수 없었던 바바리맨은 우리의 불꽃 연기에 깜빡 속아 진짜 선생님이 오는 줄 알고 다시 올라가려고 버둥거리기 시작했다.

하지만 남자의 근력은 형편이 없었고, 결국 가녀린 팔은 남자의 몸뚱이를 끌어올리지 못했다.

올라갈 능력은 확실히 없었지만 그렇다고 내려올 수도 없었던 남자는 중력에 굴복해서 버둥거리는 것을 멈추고 축 늘어졌다. 남자의 떨리는 발끝에서 당황과 공포가 느껴졌다.

그때 저 멀리서 진짜로 선생님이 다급하게 뛰어오기 시작했다. 그것도 보통 선생님이 아니라 우리 학교에서 제일 무서운, 고려대학교 체육교육과 출신의(!) 왕년에 야구선수였던 덩치 좋은 체육선생님이 황소처럼 뛰어오고 있었다. 운동장의 소란에 학주도 뛰어오고 있었다. 학주한테 잡혔다간 우리도 혼날 게 분명해서 우리는 각자의 반으로 일사 분란하게 흩어져 도망쳤다. 교실에 무사히 도착한 우리는 헉헉대며 반 창문을 다급하게 열고 운동장의 상황이 어떻게 돌아가는지를 구경했다.

체육이 바바리맨을 미친 속도로 추격하고 있었다. 학주가 창문으로 구경하는 우리들을 향해 뭐라 뭐라 소리를 질렀는데, 웃는 소리 때문에 학주가 뭐라고 하는지는 하나도 들리지 않았다.

새콤달콤한 너랑 나

우리 집 1분 거리에는 초등학교가 있다. 주로 오후에 출근하는 나는 출근길에 종종 하교하는 초등학생 무리를 마주친다. 그런 날은 동네가 더 풍성하고 따뜻하게 느껴져 출근길임에도 산뜻한 미소를 짓게 된다. 학교 밖으로 쏟아져 나온 애들 일부는 교문 앞에서 기다리는 엄마 손을 잡고 떠나고 일부는 삼삼오오 모여 학교 앞에 있는 분식집이나 문구점으로 향한다.

느릿느릿 무겁게 걷는 아이를 보는 것은 매우 드문 일이다. 아이들은 대체로 유쾌하게 걷는다. 마치 신발 밑창에 미니 트램펄린이 달린 것처럼 살짝 튀어 오르듯 통통통 리듬을 타며 움직이는데 그러면서 꽤 큰 목소리로 쉬지 않고 이야기를 한다. 그렇게 힘차게 걸으면서 힘차게 말을 하면 숨이 차서 헐떡거릴 법도 한데 그런 아이를 한 번도 본 적 없다는 점이 신기하다. 나는 특히 여자아이들 여럿이 굳이 팔짱을 끼고 좁은 인도를 걷느라 내 진로를 방해하는 순간이 좋다. 그 애들은 높은 확률로 절대 팔짱을 풀지 않는다. 그중 어떤 애가 자신들 뒤에서 어정쩡한 속도로 걷고 있는 나를 발견하면 크게 놀란 표정을 지으면서 친구들에게 이렇게 말한다.

"애들아, 뒤에 사람 있어."

그러면 애들은 팔짱 낀 팔에 힘을 줘 서로서로 바짝 끌어당기며 한쪽 벽에 일렬로 붙는다. 여자애들의 팔과 팔이 우정으로 접착되어 있는 것 같다. 내가 얼른 걔들을 앞지르자마자 뒤통수에서 꺄르륵 웃는 소리가 들린다. 방금의 몸짓과 웃음소리가 너무 귀엽고 반짝거려서 한 번 더 뒤 돌아보고 싶지만 참는다. 한낮에 수십, 수백의 아이들이 빚어내는 발랄한 잡음 속에서 걷는 날이면 아이들의 청량함을 얇은 비닐 삼아 내 몸을 한 번 포장한 기분이 든다. 사르륵 사르륵 소리를 내며 가볍게 나풀거리는 가상의 포장지 안에서 나도 얼마간 나의 초등학교 시절을 떠올린다.

초등학교 4학년 때 이사를 하면서 동네에 새로 생긴 신설 초등학교로 전학을 갔다. 학교가 생긴 첫 학기에는 전체 학생 수가 100여 명을 밑돌았다. 우리 학년은 두 반밖에 없었던 탓에 모두가 한 반처럼 친했다. 사실 따지자면 4학년 1반과 2반은 한 반이라고 볼 수 있었는데, 디귿자 모양의 아주 넓은 교실 가운데에 블라인드 가림막을 쳐서 반을 구분했기 때문이다. 쉬는 시간이 되면 블라인드를 드르르륵 걷어내고 1반과 2반이 한데 섞여 놀았다. 그때 나의 팔짱 메이트는 옆 반의 김이었다. 우리는 쉬는 시간이 되면 교실 가운데에서 아주 오랜만에 만난 것처럼 반가워하며 얼른 팔짱을 끼고 화장실에 갔다. 화장실에는 차례를 기다리며 수다를 떠는 여자애들 무리가 여럿 있었다. 차례가 되면 두 명에서 많게는 너댓 명이 우루루 한 칸으로 들어가 볼일을 봤다. 김과 나도 좁은 변기 칸에 함께 들어갔는데 당시에는 친구들과 같은 칸에 들어가는 것이 일반적이었다. 혼자서 한 칸을 차지하는 일은 잘 없었다. 그것은 똥을 싼다거나 친한 친구가 없다는 뜻으로 통했다. 그 나이 땐 양쪽 모두 우열을 가릴 수 없이 수치스러운 상황이었으므로 숫기 없는 애들 중에는 친구에게 선뜻 화장실에 같이 가자고 말하지 못해 하교할 때까지 용변을 참는 경우도 더러 있었다.

　화장실에 다녀온 후에는 등굣길에 사온 새콤달콤을 나누어 먹었다. 수업시간 내내 주머니에 있었던 새콤달콤은 언제나 조금 녹아 있었다. 따뜻하고 찐득거리는 새콤달콤을 까먹으며 아무것도 아닌 얘기에 온몸을 들썩이며 웃었다. 새콤달콤을 두 개째 까먹을 쯤이면 아쉬운 수업종이 쳤다.

　김은 친구들과 여럿이 있을 때는 해맑은 평범한 초딩이었지만 나와 둘만 있을 때는 고민과 걱정을 한 아름 끌어안은 초딩이 되었다. 걱정이 없는 게 걱정이었던 나는 집안의 경제적 문제와 친구 관계와 강아지를 키우고 싶은 마음과 자신이 되고 싶은 것을 얘기하며 자주 한숨을 쉬는 김이 어른처럼 느껴지곤 했다. 김이 나보다 훨씬 먼저 입기 시작한 브래지어도 김의 어른스러움에 큰 몫을 보탰다. 김은 특히 자신이 서울 사람이 아님을 굉장히 속상해했다. 그때 김은 가수를 꿈꾸고 있었는데 대형 기획사의 오디션을 보려고 해도 익산이라는 지리적 요건이 큰 장애물이 되었다. 김은 자신이 서울에서 태어났더라면 주말마다 열리는 공개 오디션에 빠짐없이 참석했을 거라고, 아마 지금쯤 유명 소속사에 들어가 연습생 트레이

닝을 받고 있을지도 모르는 일이라고 말하며 투지에 불탄 얼굴로 웨이브를 연습했다. 왼쪽 손끝에서 시작한 웨이브는 가슴에서 튕겨 순식간에 머리끝으로 솟구쳤고 다시 목과 가슴과 골반과 무릎을 거쳐 발목을 탁 치고 올라와 오른쪽 손끝에서 끝이 났다. 그 유려하고 군더더기 없는 움직임을 볼 때면 나부터도 김이 서울 사람이 아님이 아쉬웠다.

어느 날 김이 나에게 함께 가수가 되자고 말했다. 우리 둘이 서울에 올라가 같이 살면서 같은 소속사에 들어가 동시에 데뷔를 하면 너무 재미있지 않겠냐며 들뜬 목소리로 나를 꼬셨다. 듣고 보니 정말 재미있을 것 같아서 혹시 나랑 2인조걸 그룹을 할 생각이냐고 물었더니 김이 자신은 보아 같은 솔로 가수가 되고 싶다며 곤란해했다. 김 없이 혼자 무대에 설생각을 하니 벌써부터 오금이 저렸다. 나는 노래에도 춤에도 재능이 없어서 아무래도 안 될 것 같다고 대답했더니 김이 말했다.

"이슬아, 가수는 노래 못해도 괜찮아. 요즘은 립싱크가 있잖아."

"그러면 춤은?"

"연습생이 되면 소속사에서 미친 듯이 춤 연습을 시킨대. 노래는 몰라도 춤은 연습하다 보면 될 거야. 그리고 내가 알려줄게."

얼떨결에 그러면 일단 그렇게 해보자고 김에게 약속을 했다. 그 뒤로 얼마 지나지 않아 우리는 함께 YMCA의 힙합 교실에 다니게 되었다. 가장 먼저 배운 춤은 신화의 '와일드 아이즈(Wild Eyes)'였다. 처음에는 둘 다 맨 뒷줄에서 엉금엉금 춤을 배웠지만 며칠 만에 김이 안무 전체를 숙지하는 바람에 나중에는 나 혼자서만 맨 뒤에서 춤을 추었다. 사실 나의 춤은 춤이라고 하기엔 민망한 어떤 최악의 몸부림에 가까웠다. 심각한 몸치였던 나는 끝없이 부러지는 대나무처럼 안쓰럽고 위태롭게 삐걱거리기 바빴는데, 초반에는 선생님도 어떻게 해서든 나를 지도하려고 애를 썼으나 도저히 희망이 없다는 것을 깨닫고 맨 뒤에 있는 나를 못 본 척했다. 그래도 선생님이 초반에 해준 집중 코칭 덕분에 나는 '와일드 아이즈'의 전주 '빰! 빰빰빰!' 딱 한 마디는 제법 멋지게 출 줄 알게 되었고 아직까지도 그 안무를 생생하게 기억하고 있다. 힙합 교실이 끝나면 김의 집에 들러 오디오 카세트를 가지고 나와 학교 조회대에서 틀어놓고 배운 춤을 맹연습했다. 아, 그러니까 김이 맹연습을 하면 나는 그 앞에서 맹박수를 쳤다.

김은 춤 연습만큼이나 노래 연습도 열심히 했다. 샤워를 하다가 바가지를 머리에 뒤집어쓰고 발성 연습을 했고 잠들기 전에는 10분씩 복식호흡을 했다. 김은 카세트에 자신의 노래를 녹음해 서울에 있는 대형 기획사에 여러 번 보냈는데 그가 녹음하는 순간에는 늘 내가 함께했다. 우리는 주로 학교 과학실에서 녹음 작업을 했는데 그곳은 교내에서 제일 조용하면서 울림이 가장 좋은 곳이었다. 과학실의 앞문과 뒷문을 꼼꼼히 잠그면 김이 넓은 과학실 책상에 똑바로 누워 얼마간 눈을 감고 복식호흡을 했다. 나는 그 장면을 숨죽여 지켜보았다. 호흡 정리를 마친 김은 도인처럼 느리게 일어나 녹음 버튼을 누르고 짧은 자기소개를 했다.

"안녕하세요. 전라북도 익산에 사는 김입니다. 지금부터 노래를 시작하겠습니다."

김에게 응원의 눈빛을 보내며 열렬한 박수를 보내는 척을 했다. 이윽고 김의 노래가 시작되었다.

"어둠 속에 네 얼굴 보다아가 나도 모올래애 눈물이 흘.렀.어. 소리 없이 날 따라오며 비추운 건 쁘와이너얼리이 날 알고 감싸 준.거.니."

잠자코 들었어야 했는데 김이 쁘와이너얼리이를 멋들어지게 부르는 순간 나도 모르게 박수를 치고 말았다. 김이 서둘러 녹음 정지 버튼을 눌렀다.

"이슬아아~ 박수를 치면 어떡해."

"아 미안미안! 근데 너 진짜 가수 같다. 이러다 뜨는 거 아니야?"

진심이 가득 담긴 호들갑에 김이 헤헤 웃으며 나에게도 노래를 가르쳐주겠다고 했다. 그날 김이 나를 가르쳐주느라 쁘와이너얼리이 부분에서 하도 목을 긁는 바람에 성대 컨디션이 망가져 녹음을 한참 뒤로 미뤄야 했다.

김은 글짓기에도 재능이 있었다. 교내 백일장에서 김과 나는 1, 2위를 다투었는데 거의 항상 내가 김에게 졌다. 노래도 잘하고 춤도 잘 추는데 글짓기까지 나보다 잘하니 어쩔 수 없이 질투가 났다. 인생에서 처음으로 느낀 상대적 박탈감이었다. 그래도 나는 진심으로 김이 가수든 작가든 훌륭한 사람이 되기를 바랐다. 내 일인 것처럼 기뻐할 자신이 있었기 때문이다. 그렇게 애틋하던 김과 살면서 딱 한 번 팔짱을 끼지 않는 사이로 지냈던 적이 있다. 5학년 때였다. 그때 나는 우리

반에 전학 온 남자애랑 막 연애를 시작한 참이었는데 난생처음 하는 연애에 푹 빠져 있느라 김과 나는 자연스럽게 서로에게 좀 소홀해졌다. 그즈음 어느 날, 이상한 소문을 들었다. 김이 내 남자 친구를 좋아하고 있다는 소문이었다. 그날 학교가 파하고 김이 아닌 다른 친구들 몇 명과 학교 뒤에 있는 놀이터에서 만났다. 김이 내 남자 친구를 좋아하고 있다는 얘기를 나에게 전해준 애들이었다. 걔네는 어찌할 바 모르는 얼굴로 잠시간 쭈뼛대다가 내 독촉에 자초지종을 털어놓기 시작했다. 듣자 하니 김이 다른 친구에게 내 남자 친구를 좋아하고 있다는 비밀 얘기를 털어놓았고 그 비밀은 비밀스럽게 퍼져나가다가 내 귀에까지 들어오게 된 것이었다. 김과 남자 친구의 얼굴을 차례대로 떠올려보았다. 드라마에서만 보던 어른들의 비극을 난데없이 겪게 되다니, 사랑과 우정의 선택지 앞에서 혼란스러워하는 〈테마게임〉의 주인공이 된 기분이었다. 친구들에게 어른들이 왜 술을 마시는지 알 것도 같다고 말했더니 그치그치, 하며 맞장구를 쳐주었다. 어찌할 바 모르고 한숨만 폭폭 쉬는 나를 걱정스럽게 쳐다보던 애들 중 한 명이 말했다.

"김이랑 여자 대 여자로 쿨하게 얘기해보는 건 어때?"

듣고 있던 애들이 좋은 생각이라고 나를 부추겼다. 나는 조금 고민하다가 김의 집으로 향했다. 김을 부르며 현관문을 두드렸더니 김이 얼굴을 빼꼼 내밀었다. 나와 함께 있는 다른 애들을 보고 뜻밖이라는 눈치였다.

"어? 이슬아? 무슨 일이야?"

김의 얼굴을 보자마자 여러 감정이 복잡하게 엉키면서 눈물이 팍 터졌다. 어른스럽고 침착하게 얘기하고 싶었는데 나도 모르게 쏘아붙이고 말았다.

"너 내 남자 친구 좋아한다며?"

김이 그게 무슨 소리냐며 아니라고 반박했다. 뒤에 있던 여자애들이 마치 자신의 일인 양 나보다 더 흥분해서 김에게 따지기 시작했다.

"아니긴 뭐가 아니야. 이미 소문 쫙 퍼졌어. 너 강이슬 남자 친구 좋아한다며!"

"야! 제일 친하다는 애가 어떻게 그렇게 배신을 때릴 수가 있냐?"

"맞아 너 그거 완전 배신 때리는 거야!"

친구들 입에서 나오는 배신이라는 단어가 가슴에 콕콕 박혔다. 나는 울면서 김에게 절교하자고 말하고 야멸차게 뒤돌아 자리를 떠났다.

며칠 동안 김과 말을 하지 않았다. 화장실은 다른 친구들과 갔고 학교가 끝난 뒤 김의 춤 연습을 응원하지도 않았다. 김에게 보란 듯이 잘 지내고 싶어서 더 크게 웃고 더 신나게 뛰어다녔지만 곁눈질로 김을 살피게 되는 것은 어쩔 수 없었다.

며칠 후 늦은 밤, 잠자리에 들기 전 메일함을 확인했더니 김으로부터 메일 한 통이 와 있었다. '이슬이에게…'로 시작하는 긴 메일은 이모티콘 하나 없이 차분하고 진지한 내용이었다. 김은 잠깐 동안 내 남자 친구를 좋아했던 건 사실이나 그것은 나랑 사귀기 전의 이야기며 내 남자 친구가 된 이후에는 마음을 정리했다고, 나와 함께 놀던 날들이 그립다고 메일에 적었다.

김의 메일을 읽으며 부끄러웠다. 제일 친한 친구 김의 얘기는 제대로 들어보지도 않고 감정적으로 절교를 선언한 나에게 김은 과분한 친구였다. 나는 이메일을 사용한 이래 처음으로 이모티콘을 하나도 사용하지 않고 답장을 썼다. 오해해서 미안하고 나 역시도 너와 함께 놀던 날로 돌아가고 싶다고, 우리 다시는 절교하지 말자고 적었다.

다음 날, 쉬는 시간 종이 울리자마자 블라인드 가림막 앞으로 달려갔다. 블라인드를 드르르륵 젖히자 모닥불처럼 일렁이는 잔머리와 보조개가 매력적인 내 친구 김이 그 앞에 서 있었다.

김이 활짝 웃으며 말했다.

"이슬아 화장실 같이 갈래?"

우리는 아무 일도 없었던 것처럼 팔짱을 꼭 끼고 화장실로 걸었다. 내 팔에 전해지는 김의 익숙한 온기에 안심이 되었다.

엄마와 샤넬

엄마는 샤넬을 모른다. 몇 년 전 엄마의 생일에 샤넬 화장품을 선물하면서 알게 된 사실이다. 아무리 명품에 관심이 없다 한들 어떻게 샤넬을 모를 수 있을까. 그럼 루이비통은 아느냐고 물었더니 엄마는 들어본 것 같긴 한데 잘 모르겠다며 고개를 가로저었다.

"왜, 코미디 프로 보면 갈색 가방 들고 똥, 똥 거리잖아. 그게 루이비통 가지고 말장난해서 사람들이 웃는 거잖아."

엄마는 "그게 그래서 우스운 거였구나." 하며 미소 띤 얼굴로 부드럽게 고개를 끄덕였다.

엄마가 샤넬 립스틱을 발랐다. 하얀 피부와 참 잘 어울렸다. 목욕탕에서 산 기초 화장품 몇 개가 전부인 단출한 화장대 위에 반짝이는 샤넬 립스틱이 올라갔다. 엄마의 화장대가 왠지 더 초라해 보였다.

샤넬 립스틱을 바른 우리 엄마를 천천히 들여다보았다. 립스틱만 빼고 모든 것이 남루했다. 특히 엄마가 입고 있는 옷이 그랬다. 내가 오래전에 산 니트였다. 유행이 금방 지나 얼마 입지 않고 구석에 처박아두었는데, 언제부터 엄마의 옷이 된 걸까. 촌스러운 비즈 디테일들이 내 속도 모르고 반짝거렸다. 어느 것 하나 빠짐없이 짠하기만 한 엄마의 물건들 중에서 그렇지 않은 것을 하나라도 찾아보려고 애를 쓰다가 엄마의 가방을 보았을 때, 차라리 눈을 감고 싶었다. 낡은 고동색 가방엔 알록달록한 짝퉁 루이비통 문양이 가득했다. 아무것도 모르는 채로 저런 조잡한 가방을 매고 친구들을 만나고 교회에 나가고 장을 보는 엄마가 떠올라 명치 끝이 싸했다.

서울에서 만난 친구들은 자신의 엄마에게 빌린 명품 가방이며 값비싼 옷을 곧잘 걸치고 나왔다. 그들의 엄마를 상상하면 드라마 속 기품 있는 사모님이 떠올랐다. 그런 날이면 고급스러워 '보이는' 옷을 단돈 1만 원에 샀다며 밝게 웃는 우리 엄마가 오랫동안 아른거렸다. 우리 엄마도 언젠가는 '고급스러워 보이는' 옷이 아닌 진짜 고급 옷으로 옷장을 가득 채울 수 있을까. 그때 나는 나중에 돈을 벌면 엄마한테 꼭 좋고 비싼 것들을 사드리자고 다짐했다. 그런데 한참 뒤늦게 선물한 명품이라는 것이 고작 립스틱이라니, 아무래도 나는 나쁜 딸이다.

"엄마 가방 하나 사러 가자."

몇 번을 고사하던 엄마는 내 성화에 못 이겨 결국 나갈 채비를 했다. 시내로 나가는 동안 통장 잔고를 헤아려 보았다. 이미 빠듯한 내 생활에서 엄마 가방 살 돈 아낀다고 더 편해질 것도 아니었기 때문에 차라리 홀가분했다. 내 고향 익산의 시내에는 아울렛도, 백화점도 없어서 우리는 대형마트에 있는 잡화 매장에 갔다. 한참을 둘러보던 엄마가 갈색의 아담한 가방 앞에서 머뭇거렸다. 마음에 드는 눈치였다. 내가 가격을 묻자 직원이 가방 지퍼 안에 있던 가격표를 꺼내 확인시켜주었다. 20만 원이 조금 넘는 가격이었다. 순간 엄마는 죽은 새라도 본 사람처럼 얼굴을 찡그리며 한 걸음 물러나더니 이런 거 시장 가면 5만 원도 안 주고 살 수 있다고 큰 소리로 말했다. 일단 한번 들어보라며 엄마 손에 가방을 들리자 이제는 엄한 트집을 잡기 시작했다. 지퍼가 불편할 것 같고, 너무 무거운 것 같고, 소재가 약해 보인다고. 엄마의 목소리가 점점 더 커지고 있었다. 엄마와 내 눈치를 번갈아보며 불편해하는 직원에게 미안해서 얼른 계산하려고 지갑을 꺼내는데 엄마가 거칠게 내 팔을 잡아끌었다. 그 바람에 휘청대면서 진열된 물건들을 떨어뜨렸다. 쇼핑하던 다른 고객들의 시선이 느껴졌다. 떨어진 물건들을 주워 올리는데 눈물이 날 것 같았다.

분했다. 엄마의 큰 목소리가, 민망해하는 직원이, 돈 앞에서 벌벌 떠는 엄마가, 엄마의 짝퉁 가방이, 쪽팔려하는 내가. 모든 것이 분하고 서러웠다. 딱딱하게 굳은 얼굴로 계산을 했다. 엄마는 건네는 가방을 눈치 보며 안아들었다.

집으로 돌아오는 길, 엄마가 고맙다는 말로 정적을 깼다. 그러면서 딸 덕에 호강한다는 말을 덧붙였다. 호강. 엄마가 생각하는 호강의 크기가 너무 작고 볼품없어서 속이 상했다. 차마 버리지 못한 엄마의 짝퉁 가방을 매만지며 작은 목소리로 말했다.

"엄마, 내가 얼른 돈 벌어서 진짜 명품 가방 선물할게."

명품 가방을 든 엄마의 모습을 상상해보았다. 어떤 브랜드의 가방을 들려 보아도 성에 차지 않았다.

브라보 막내 라이프

「한국일보 2030 세상보기」(2020년 9월 11일)

팀의 막내인 주제에 조직의 마지막 희망이라도 된 것처럼 밤낮없이 과로하던 친동생은 결국 병이 났다. 수술과 입원, 지겨운 통원 치료를 하며 상한 몸을 추스르느라 동생은 한동 안 일을 쉬어야 했다. 한 번 무너진 건강을 다시 되찾기란 무 척 어려운 일 같았다. 타고난 건강 체질이었던 동생은 이제 다양한 이유로 골골 앓는다. 그는 어느덧 삶의 필수 요소가 되어버린 영양제를 아침저녁으로 챙겨 먹으며 과거를 후회한 다. 버티지 말 걸, 도와달라고 할 걸, 못 하겠다고 얘기할 걸, 후회 하나에 알약 하나, 후회 두 개에 알약 두 개를 꿀꺽 삼키 는 동생의 모습은 쓰디쓰다.

얼마 전 동생에게 전화가 걸려왔다. 발신자는 동생과 한때 같이 일했던 후배였다. 전화기 너머로 훌쩍이는 소리가 들렸다. 듣자 하니 며칠 동안 밤을 새며 일하다가 울컥해서 전화를 건 모양이었다. 동생은 한참을 잠자코 듣다가 말했다.

"힘들면 힘들다고 말해도 돼. 도와달라고 해. 너무 무리하지 마."

전화 속의 여자애는 더 크게 울먹이며 "무서워서 못 하겠어요. 선배들이 일 못한다고 생각하면 어떡해요." 하더니 우와앙 울어버렸다. 동생은 우는 애에게 도움을 구하라고 거듭 조언했고 우는 애는 혼자서 버티겠다고 고집을 부렸다. 동생은 "너 그러다 나처럼 된다."라는 의미심장한 말을 끝으로 전화를 끊었다. 동생은 과거의 자신을 보는 것 같다며 한숨을 쉬었다. 내가 말했다.

"어째서 막내들은 하나같이 같은 병을 앓고 있을까?"

"무슨 병?"

"힘들다고 말하면 죽는 병."

나도 그런 막내 시절을 보냈다. 내 능력 밖의 일인 줄 알면서도 못하겠다, 어렵다, 도와달라는 그 짧은 말이 안 나와서

몇날 며칠 잠을 줄여가며 일했다. 무식하게 버티다 보니 체력이 동나기 일쑤였다. 지쳐 서러울 때면 친구에게 전화를 걸어 죽는 소리를 했다. 친구들이 여러 가지 조언을 했지만 모두 귓등으로 흘려들었다. 사회 초년생의 심리는 잘못된 사랑에 빠진 사람의 심리와 어딘가 닮아 있다. 해답을 구하며 제3자에게 고민을 털어놓지만 모든 조언을 무시하고 결국 자신의 고집대로 한심한 자기파멸의 길을 택한다.

제때 먹지 못해 쓰린 속을 부여잡고 자꾸만 감기는 눈을 억지로 부릅뜨며 일을 하던 어느 날. 이러다간 진짜로 죽을 것 같아서 결국 선배에게 도움을 청했다. 내가 며칠 동안 끙끙댔던 일을 선배는 찌개 위의 거품을 걷어내듯 아주 손쉽고 깔끔하게 해결했다. 그때, 나에겐 없지만 선배에겐 있는 것을 발견했다. 연륜이었다. 그것은 선배가 나보다 돈을 더 많이 받는 이유이기도 했다. 아직 충분히 배우지 못한 나는 서툴고 부족한 것이 당연했다. 그 당연한 사실을 진작 깨닫지 못한 탓에 괜한 무리로 몸과 마음을 해쳤다. 걸음마도 제대로 못하는 주제에 전력 질주를 꿈꾸며 애꿎은 무르팍만 박살낸 꼴이었다.

방송국의 엘리베이터에서 수많은 사람을 마주친다. 그중

너무나 막내의 표정을 하고 있는 사람을 발견할 때면 괜히 애틋해져서 따뜻한 말을 건네고 싶다. 무리하지 말라고, 지금은 서툰 게 당연하다고, 시간이 지나면 잘하게 될 거라고, 그러니까 아무것도 당신 탓이 아니라고. 내가 너무 늦게 알아챈 사실을 그는 너무 늦지 않게 깨닫기를 바라며 마음으로 응원한다.

당신의 서른

저녁 바람이 심상치 않게 차가워졌다. 지난봄에 차곡차곡 정리해 옷장 깊숙이 넣어둔 두툼한 겨울옷을 꺼낼 때가 한참이 지났는데 나는 아직 그 짐을 풀지 못했다. 20대의 마지막 계절을 최대한 늦게 맞이하고 싶다는 이상한 고집 때문이다. 얇게 입는다고 겨울이 오지 않는 것도 아닌데 말이다. 29.9세의 초겨울. 이 나이에도 콧물은 어린애처럼 찔찔 흘러서 코밑이 헐었다.

요즘 들어 엄마 손을 잡고 북부시장에 갔던 어느 날이 자주 떠오른다. 그날은 장날이어서 안 그래도 복잡하고 좁은 거리가 더욱 정신없이 복닥거렸다. 엄마는 몇 번이나 말했다.

"이슬아, 엄마 잘 따라다녀. 손 놓치면 안 돼."

엄마가 반찬 재료의 값을 상인과 흥정하는 동안 나는 엄마 손을 슬그머니 놓았다. 뒤돌면 바로 있는 팽이 좌판을 구경하고 싶어서였다. 그곳에서 나와 비슷한 나이대의 꼬맹이들 몇 명이 쪼그려 앉아 코를 훌쩍이며 팽이를 구경하고 있었다. 그 애들 옆에 엉거주춤하게 선 채로 알록달록한 나무 팽이들을 구경했다. 팽이좌판 주인 할아버지가 팽이를 칠 줄 아느냐고 물었다. 나는 고개를 저었다. 그때 엄마가 부르는 소리가 들렸다.

"이슬아! 강이슬!"

다급한 엄마의 목소리가 점점 멀어지고 있었다. 나를 못 보고 지나친 것이다. 나는 사람들의 허벅지를 마구 밀며 엄마의 목소리가 들리는 방향으로 뛰었다. 마침내 엄마를 따라 잡았을 때 나는 반갑고 신이 나서 엄마 배에 얼굴을 파묻고 안겼다. 고소하고 상큼한 엄마 냄새가 훅 끼쳤다. 그 냄새를 맡으면서 엄마한테 등이랑 엉덩이를 맞았다. 엄마는 잃어버리면 어떡할 뻔했느냐고 왜 엄마 말을 듣지 않는 거냐고 화를 냈다. 나는 엄마한테서 겨우 세 발자국 떨어졌을 뿐이었다고 말하고 싶었는데 너무 억울하고 서운해서 그냥 입을 닫고 토라져버렸다.

　나는 그날 엄마의 최종 볼일이 무엇인지 알고 있었다. 몇 년 만에 만나는 친구들과의 모임 때 입고 갈 새 옷을 사는 것이었다. 실로 오랜만의 쇼핑이었는데 심통이 제대로 난 나는 그걸 꼭 방해하고 싶었다. 그래서 장을 보는 내내 집에 가고 싶다고 징징거렸다. 찹쌀 도넛도 꽈배기도 국화빵도 통하지 않았다. 엄마는 발을 질질 끌며 몸을 기울인 채 입을 삐죽 내민 나를 억지로 끌다시피 해서 작은 옷가게에 들어갔다. 온풍기 앞에 앉아서 드라마를 보던 나이 든 아주머니가 일어나 엄마를 맞았다. 엄마는 한참이나 이 옷 저 옷을 들춰보다가 연보라색 블라우스를 들고 거울 앞에 섰다. 나는 불만 가득한 얼굴로 아주머니가 앉아 있던 온풍기 앞에 걸터앉아 엄마를 지켜봤다. 엄마가 옷을 대보며 망설이는 목소리로 혼잣말을 했다.

　"색깔이 너무 야한가….."

　아주머니가 말했다.

　"피부 색깔이랑 잘 어울리는고만요."

　"그래요? 아직 젊은데 몇 년은 입을 수 있겠죠? …서른이거든요."

"그럼 한참은 더 입겠네~ 이걸로 사~"

아주머니가 나에게 물었다.

"엄마랑 잘 어울리지?"

나는 말했다.

"아니요, 아줌마가 입기에는 색깔이 너무 야해요."

야하다는 게 무슨 뜻인지도 모르면서 그렇게 대답했다. 엄마는 내 말 때문이었는지 결국 연보라색 블라우스를 도로 내려놓았다.

시간이 한참 지났는데도 문득문득 그날의 기억이 덜 씹은 사과 조각처럼 목에 걸린다. 나름의 속죄로써 엄마한테 뭔가를 선물할 일이 생기면 파스텔 톤의 화사한 옷을 사곤 했다. 엄마는 그때처럼 지금도 여전히 파스텔 색이 잘 어울린다. 엄마는 그날을 다 잊었을까. 나처럼 엄마도 그날의 나를 여전히 미워하고 있으면 좋겠다고 종종 생각한다.

허름한 가게의 작은 거울 앞에서 주인아주머니께 변명하듯 덧붙인 엄마의 말 조각. "서른이거든요." 오늘따라 더 선명하다. 서른이 다 되어서야 엄마의 서른을 이해한다. 엄마의 나이가 되어야지만 엄마를 이해하는 내가 아쉽고 그래서 겁이 난다. 엄마가 죽을 때까지 나는 엄마의 나이를 따라잡을 수 없을 테니까. 엄마가 없는 세상에서 엄마의 나이로 살며 나는 자꾸만 과거를 되새김질 하며 후회하겠지.

얼마 전 엄마에게 전화를 걸어 엄마 딸이 이제 곧 서른이라고 어쩌면 좋으냐고 말했다. 엄마는 코 찔찔이가 벌써 커버렸다고 천천히 좀 크라고 말했다. 엄마 말대로 나는 좀 천천히 크고 싶은데, 느리게 자라는 만큼 엄마 주름도 더디게 늘었으면 좋겠는데 벌써 커버렸다.

코밑이 쓰리다. 어릴 때 코가 헐면 엄마가 임시방편으로 당신의 침을 발라주곤 했다. 그때는 그게 그렇게 싫었는데. 오늘은 코밑에 엄마 침, 바르고 싶다.

죽음의 반대편으로
달리는 사람

북적이는 사람들 사이로 탁꾸가 지하철 출구를 막 빠져나오고 있었다. 밝게 웃는 그의 표정이 먼저 보였고 다음으로 지난겨울보다 조금 마른 그 애 몸이 보였다. 우리는 누가 먼저랄 것도 없이 서로를 꽉 끌어안았다. 힘 있는 그 애의 양팔에 반가움이 가득 들어차 있었다. 우리는 나란히 걸으며 바쁘게 서로의 안부를 물었다. 너무 오랜만에 본다는 말이 서로의 입에서 너무 많이 튀어나왔다.

우리는 조금 걷다가 마주친 허름한 노포에 자리를 잡고 마주 앉아 소주 한 병과 요리를 시켰다. 전날 저녁부터 한 끼도 먹지 못했다며 중국산 김치 반찬에 공깃밥을 허겁지겁 비우는 그 애를 나는 가만히 바라보았다. 밥공기를 다 비운 탁꾸가 이제 조금 살 것 같다고 말하는 동시에 주문한 안주가 나왔다. 나는 내 몫의 밥공기를 탁꾸 앞으로 놓아주었다. 빈 잔에 소주를 따르며 오늘 하루도 고됐느냐고 물었다. 그 애는 새삼스럽게 당연한 질문을 왜 하느냐고 가볍게 핀잔했다. 대학병원 응급실에서 간호사로 일하는 탁꾸는 몇 시간 전에도 자신이 담당하는 베드 위에서 어떤 환자가 죽는 것을 보았다고 했다. 징후가 좋았는데 돌연 사망한 환자를 보며 잠깐의 슬픔과 오래갈 것 같은 무력감을 느꼈다고 말했다. 그 애는 가득 찬 술잔을 비우고 뜨거운 안주를 한 점 입에 넣고는 다시 한 번 살 것 같다고 말했다. 나는 마음이 복잡해져서 길게 한숨을 쉬었다.

어제는 몸이 으스러진 어린아이가 실려 왔다고 했다. 의사와 간호사들이 일제히 달려들어 그 아이의 허물어진 살갗을 봉합하고 깨진 뼈들을 추스르고 터진 내장을 수습해보았지만 아이는 결국 죽었다고 했다. 부모는 심하게 울면서 내 아이를 왜 살려내지 못했느냐며 화를 냈다고 했다. 그 전날엔 고등학생 남자애가 온몸이 망가진 채로 실려 왔다고 했다. 죽으려고 높은 곳에서 뛰어내렸다던 그 아이는 죽지 못하고 다만 부서졌다.

그 애가 두 번 다시 걷지 못할지도 모른다는 의사의 말을 듣고 부모는 금방이라도 터져 나올 것 같은 울음을 꾹꾹 눌러 내리며 살려줘서 감사하다는 말을 했다고 했다.

죽고자 했지만 죽지 못한 채로 살아서 온 사람들과 더 살아야 했지만 (혹은 더 살고자 했지만) 살지 못한 채로 죽어 실려 온 사람들을 탁꾸는 하루에 몇 번이고 마주한댔다. 너는 그럴 때마다 어떤 기분이냐고 묻고 싶었는데 그 기분을 말로 표현한들 내가 다 이해할 수 없을 것 같아서 하고 싶은 말을 삼켰다.

가장 힘들었던 순간이 언제였느냐는 내 질문에 그 애는 언젠가의 심폐소생술을 떠올렸다. 도저히 가망이 없어 보이는, 그러니까 이미 생명의 끈을 놓고 힘없이 늘어진 환자의 가슴께를 규칙적으로 강하게 압박하며 탁꾸는 생각했다고 한다. 어쩌면 내가 이 사람을 확실하고 완전하게 죽이고 있는 것은 아닌가.

그 애는 그런 말을 밥을 씹으며 아무렇지도 않은 얼굴로 말했다. 이제 더는 슬프지 않은 거냐고 물었다.

"요즘도 자주 울어."

건조하게 말하는 탁꾸를 보며 애는 그저 울음을 들키지 않는 것을 너무 잘하게 되어버렸구나 생각했다. 나는 탁꾸가 얼마나 눈물과 애정이 많은 애인지를 그리고 얼마나 마음 약한 애인지를, 그래서 얼마나 자주 무너져 내리는지를 잘 알고 있었다. 그런 애가 죽음 앞에서 이토록 덤덤해질 때까지 도대체 얼마나 많은 시간을 울었던 걸까. 가늠할 수 없었다.

우리는 말없이 각자의 담뱃갑을 들고 자리에서 일어났다. 바깥은 약간 쌀쌀했다. 우리는 서로의 담배에 불을 붙여주었다. 각자가 가진 라이터가 있었음에도 그냥 그렇게 했다. 탁꾸가 담배 연기를 길게 내뿜더니 말했다.

"슬아, 사람이 죽기 전에 어떤 말을 가장 많이 하는 줄 알아?"

"어떤 말을 해?"

"똥 마렵다. 목마르다. 졸리다."

"허무하네."

"허무하지."

영화에선 죽음을 앞둔 사람이 그야말로 영화 같은 마지막 말을 남기고 눈을 감던데 현실은 너무하다 싶을 정도로 심플

했다. 그 사람들은 잠시 후 자신이 영원히 눈을 감게 되리라는 사실을 짐작했을까. 생생한 욕구를 느끼면서 천천히 숨을 거두며 죽어가는 시간은 어떤 것일까. 그 순간은 과연 깊을까, 얕을까, 캄캄할까 아니면 눈부시게 환할까. 잠깐 동안 나의 마지막을 상상해보았다. 갓난아기와 다를 바 없이 무력하게 누운 채로 태어날 적보다는 단단하고 힘 있는 혀로 똥이 마렵다고, 목이 마르다고, 그리고 졸리다고 천천히 말하는 어느 날의 내 모습이 뿌옇고 흐릿하게 그려졌다. 어쨌든 지금은 죽고 싶지 않았다. 내가 알 수 없는 보폭으로 찾아오고 있을 죽음을 그래도 이왕이면 지금과 아주아주 먼 곳에서 마주하고 싶었다. 그러면서 만약 가까운 시일 내에 죽더라도 사랑하는 사람들 앞에서 멋진 인사 한마디 못 남기고 떠밀리듯 죽기는 죽기보다 싫다고 생각했다.

담배를 다 피우고 가게 안으로 들어가며 탁꾸에게 말했다. 언젠가 죽을 만큼 크게 다치더라도 너의 병원 근처에서 다치진 않겠다고, 혹여 너의 병원 근처에서 사고가 나더라도 죽을 힘을 다해 네가 있는 곳으로부터 멀어지겠다고. 탁꾸가 재수 없는 소리라며 침을 세 번 뱉으라고 다그쳤다. 나는 얼른 고개를 돌려 세 번 침 뱉는 시늉을 했다.

"너는 내가 아는 사람 중 죽음과 가장 가까이에 있는 사람이구나."

내 말을 들은 탁꾸가 맞네 하며 슬프게 공감했다. 나는 너무 우울한 말을 해버린 것 같아 방금 뱉은 말을 정정했다.

"아니, 너는 내가 아는 사람 중 죽음에서 멀어지려고 가장 열심히 뛰어다니는 사람이야."

탁꾸가, 어우 뭐야 스으을~ 하며 소주잔을 들어 보였다. 경쾌하게 잔을 부딪친 우리는 동시에 한 입 가득 소주를 털어 마셨다. 소주의 쓴 맛이 가시자 감미료의 달콤함이 혀끝부터 목구멍까지 옅게 남았다. 탁꾸와 내 앞에 놓인 작고 투명한 소주잔을 바라보며 너와 나의 삶에 들어찬 힘듦이나 우울 같은 것들도 결국엔 달콤한 흔적만 남기고 빠르게 사라지기를 하고 바랐다.

어느새 퇴근한 사람들로 가득 찬 가게 안이 시끌벅적했다. 아마 저들도 우리처럼 각자의 고유한 속앓이를 털어내는 중일 터였다. 창 너머로 보이는 하늘이 보랏빛이었다. 봄에서 여름으로 계절이 변하고 있었다. 우리는 이렇게 또 한 계절을 무사히, 그리고 촘촘하게 살아내고 있는 중이었다.

시간을 먹고 시큰해지는 것들

　엄마가 김치를 보내줬다. 얼마나 익었는지 색깔이 거의 볶음김치 수준으로 엄청 시어 보였다. 우리 가족은 신 김치를 좋아하지 않는데 웬일로 신 김치를 다 보내줬을까. 의아해하며 입에 넣었다가 그만 놀라고 말았다. 시원하고 새콤하고 아삭아삭한 것이 입에 꼭 맞았던 것이다. 엄마한테 전화를 걸어 택배 잘 받았다고 말 하면서 김치가 아주 맛있다고 했더니 엄마가 그거 3년 넘은 묵은지라고 대답했다. 매년 겨울, 꼭 1년 먹을 만큼의 김장만 하는 우리 집으로서는 몇 년 동안 김치를 익혀본 적이 없었다. 익힐라 쳐도 그해 겨울이 되면 거짓말처럼 김치가 똑 떨어져 서둘러 1년 먹을 만큼의 김치를 만들어야 했다. 그런데 3년 동안이나 먹지 않은 김치가 우리 집에 있었다니 3년 전 겨울에는 김치를 좀 넘치게 담갔던 것일까. 신기해하는 나에게 엄마가 달뜬 목소리로 말했다.

"김치 냉장고에 있었는데 모르고 안 먹었지 뭐야."

"김치 냉장고에 있었는데 어떻게 모르고 안 먹을 수가 있어?"

"그야 맨날 그 자리에 있었으니까 오히려 더 눈에 띄지 않은 거지."

그 무렵엔 사람들을 집으로 자주 초대했다. 메인 요리는 항상 달랐지만 그 옆엔 늘 3년 된 묵은지를 반찬으로 놓았다. 나는 할머니처럼 김치를 쭉쭉 찢어 친구들 밥 위에 부지런히 올려주었다. 그러면서 그게 3년 된 묵은지라고 말하는 게 좋았다. 김치가 너무 잘 보이는 자리에 있어서 3년 동안 눈에 띄지 않았다는 이야기를 하면 친구들은 놀라거나 시큰둥해하거나 더러는 쓸데없는 삶의 교훈을 얻어가기도 했다. 말야는 이렇게 말했다.

"그래, 이슬아 김치처럼 사는 거야. 회사에서 괜히 나대지 말자. 맨날 그 자리에서 있는지도 모르게 연차 올리는 사람이 위너다. 바로 이 김치처럼."

너무 자주 보여서 잘 들춰보지 않는 것들은 많다. 사진 앨범이나 엄마가 젊을 적부터 모아온 책들이 그렇다. 그런 것들은 오랜만에 들여다보면 죄다 보기 좋게 묶어서 시큰한 추억 냄새를 풍긴다. 얼마 전에는 부모님의 장롱에서 아주 오래된 화장품 상자를 찾았다. 그 안에 부모님이 연애 시절 서로에게 보냈던 편지들이 묵직하게 담겨 있었다. 얼추 100장도 더 되어 보이는 어마어마한 양이었다. 우리 엄마아빠한테도 이런 황홀한 청춘이 있었다니 누렇게 바랜 종이들이 왠지 조금 애달팠다. 30년 전, 결혼을 하면서 그간 서로에게 받았던 편지를 합쳤을 텐데 그때 둘은 어떤 기분이었을까. 가진 것 없이 시작해 숟가락 두 벌이랑 외할머니가 해준 장롱 하나로 시작한 살림이랬는데 그 변변찮은 살림살이 중 편지 꾸러미는 둘에게 가장 소중하고 빛나는 것이었을 테다. 어두운 지하 단칸방에서 큼직한 화장품 박스에 서로의 편지를 조심조심 합쳐 넣는 20대 초반의 엄마 아빠가 눈에 선했다. 초라하고 따뜻하고 서툰 그 장면은 어쩌면 내 기억의 일부분일지도 몰랐다. 둘이 편지를 합칠 그 시간에 나는 포대기에 싸여 그 모습을 바라보고 있었을 테니까.

　중간에 있는 가장 통통한 편지 봉투를 집어 들었다. 아빠가 엄마에게 보낸 편지였다. 단정한 글씨로 '사랑하는 숙에게'라고 적혀 있었다. 그 시절, 둘은 서로를 끝 글자로 불렀다. 진은 오늘도 훈련을 하면서 많이 힘들었지만 숙이 너무 보고 싶은 걸 참는 것보다는 덜 힘들었다고 편지에 적었다. 아빠가 군대에 있을 때 쓴 편지였다. 진은 며칠 후에 면회 올 숙을 기다리고 있었다.

오늘 보초를 서는데 밤하늘에 별이 많았다오. 숙의 눈을 닮은 별이었소. 그 별을 세면서 숙의 이름을 불렀는데 혹시 들렸으려나. 별처럼 빛나는 숙을 생각했더니 그깟 칼바람 따위 옷을 벗고도 견딜 수 있을 것 같았다오. 이렇게 멀리까지 면회 올 숙을 생각하면 걱정이 되어 가슴이 아프지만 그럼에도 말리지 못하고 기다리는 바보 같은 내 맘을 이해해줬으면 좋겠소. 내 사랑이 꼭 숙에게 전해지길.

진은 얼마나 숙을 사랑하는지를 더 좋은 말, 더 예쁜 말로 전하지 못해 안달이 난 사람 같았다. 그나저나 20대 초반의 아빠가 이런 옛날 사람 같은 문체로 엄마한테 편지를 썼다니

촌스럽고 귀엽다고 생각하며 피식거렸다. 숙의 답장을 찾아 읽었다. 숙은 진에게 보내는 편지 봉투마다 빠지지 않고 '우체부 아저씨 감사합니다!'라고 적었다. 역시 귀엽다고 생각하며 편지를 꺼내 읽었다.

고속버스가 6시 넘어서 첫차야. 시간 알아봐서 열차 타고 갈까 생각 중이야. 통닭만 사가지고 갈 거야. 어제 검정색 롱코트를 샀어. 꼭 갈 테니까 준비나 단단히 하고 있어. 즐겁고 기쁜 성탄절을 맞이하여, 사랑은 영원히, 슬픔은 잠깐, 행복은 가득히, 기다림은…?

엄마의 편지를 읽고 나서 소리 내어 웃어버렸다. 진의 편지와는 달리 숙의 편지에서는 감성이라곤 단 1그램도 찾아볼 수 없었다. 어투가 하도 심플하고 단호해서 아빠가 별 어쩌고 한 얘기에 내가 다 민망할 지경이었다. 편지의 길이도 아빠가 보낸 것의 반밖에 안 됐다. 할 말만 딱딱 적은 편지를 보며 역시 숙은 숙이구나 생각했다. 아빠는 연애 시절 내내 엄마가 헤어지자고 할까 봐 전전긍긍했다고 했는데 왜 그런지 알 것도 같았다. 엄마는 아마도 연애 고수였으리라. 편지만 봐서는 엄마가 아빠를 보고 싶어 하는 건지 아닌 건지 잘 알 수 없었다. 언뜻 봐선 마지못해 면회 가는 사람처럼 보이기도 했다. 그래도 은근한 기대가 묻어 있었다. 전날 롱코트를 사는 준비성과 6시보다 더 빠른 첫차를 타고 싶은 마음을 감수성 빵빵한 아빠라면 아마 충분히 발견했을 것이다. 안방에서 몰래 편지를 읽는데 거실에서 숙과 진이 TV를 보며 나누는 이야기가 들렸다.

숙이 말했다.

"당신 또 울어?"

진이 훌쩍이며 말했다.

"당신은 진짜 냉정한 사람이야. 어떻게 눈물이 안 나?"

"어휴, 남자가 뻑 하면 울고, 이슬아! 느이 아빠 또 운다!"

엄마 말에 방문을 열고 거실로 나오는데 과거에서 현실로 30년을 점프한 기분이었다. 방금 전까지 20대였던 숙과 진 커플이 50대의 부부가 되어 〈TV 동물농장〉을 보고 있었다. 버림받은 개가 몇 주째 버려진 자리에서 주인을 기다리고 있다는 내용이었다. 아빠 말에 맞장구를 치며 말했다.

"엄마는 진짜 냉정한 사람이야! 어떻게 안 울 수가 있어?"

엄마가 하여튼 강 씨들은 하나같이 다 울보라며 혀를 끌끌 찼는데 엄마 눈에도 눈물이 고여 있었다. 눈물 때문에 숙의 눈동자가 별처럼 빛났다.

둘은 늘 이런 식이었다. TV를 보다가 슬픈 장면이 나오면 아빠는 눈물을 뚝뚝 흘리며 울고 엄마는 눈물을 참으려고 아빠를 놀렸다. 이 레퍼토리는 30년째 변함이 없다.

"엄마 이게 다 뭐야?"

편지 꾸러미를 둘 앞에 들이밀었다. 아빠는 반가운 기색이었고 엄마는 관심 없다는 듯 고개를 휙 돌렸다. 숙이 부끄러워서 그러는 거란 걸 진도 나도 알고 있었다.

"편지 진짜 많다. 이걸 어떻게 다 가지고 있었대."

내 말에 아빠가 대답했다.

"사랑하니까 여즉 안 버렸지. 이사 갈 때마다 빠짐없이 소중하게 챙겼어, 아빠가."

엄마가 기가 찬다는 듯 받아쳤다.

"아저씨 그거 반도 안 남은 거거든요, 내가 당신이랑 싸울 때마다 반씩 내다 버렸어."

그러거나 말거나, 편지 꾸러미를 들여다보는 아빠의 양 볼이 발그레했다.

"아빠가 하나 읽어줘."

내 부탁에 엄마는 "시끄러! 하지 마!" 하고 으름장을 놓았다. 아빠 손에 편지 하나를 쥐어주었다. 아빠가 쑥스러운 표정으로 첫줄을 막 읽으려는데 엄마가 말했다.

"저기 저쪽 구석 가서 읽어!"

아빠와 부엌으로 자리를 옮겨 바닥에 쪼그려 앉았다. 얼른 휴대폰을 꺼내 아빠가 편지 읽는 영상을 찍었다.

"사랑하는 숙에게."

아빠가 첫 줄을 읽자마자 나도 모르게 비명을 질렀다. 아빠가 너무 쑥스러워 해서 나도 덩달아 부끄러웠다. 엄마는 TV에 시선을 고정하고 있었지만 얼굴 근육이 씰룩거리는 걸로 봐서 귀는 별수 없이 이쪽을 향해 열려 있는 것 같았다. 나의 비명에도 꿋꿋이 편지 한 통을 다 읽은 아빠에게 아낌없는 박수를 보내주었다. 잠자코 있던 엄마가 그때 그 사랑 다 어디에 있냐고 내놓으라고 말했다. 나도 엄마 편에 서서 아빠를 마구 놀렸다. 뒷머리를 긁적이며 헤실헤실 웃는 아빠 얼굴에서 20대의 진이 보였다. 엄마도 그때의 숙의 얼굴을 하고 있었다.

짓는 마음

새 집을 짓는 기분으로 글을 쓴다. 아무것도 없는 벌판에서 청사진조차 그리지 못하고 막무가내로 시작하는 집짓기다. 마음 같아선 누구나 감탄할 만할 멋지고 화려한 집을 짓고 싶지만 내 마음에 드는 집을 짓는 것도 쉽지 않은 일이다. 글의 주제는 집의 구조요, 문단의 길이는 방의 크기, 문장은 인테리어가 된다. 어느 날은 인테리어에 심혈을 기울이기도 하지만 그것은 운이 좋은 경우다. 대부분은 삽질하는 데 시간을 다 쓴다. 파도 파도 진흙일 때가 다반사여서 단단한 지반을 찾지 못하고 구덩이만 뻥뻥 파내느라 지치는 날이 많다. 물리적으로 못질하고 공구리치는 일이 아닌데도 체력이 고갈 된다는 점이 매번 신기하다.

새하얀 한글 화면에 몇 글자 적지도 못하고 지칠 때면 초가집은커녕 두꺼비집도 제대로 못 짓는 스스로에게 조바심이 난다. 다른 사람들이 지은 피라미드 같은 글이 너무 미스터리하게 느껴진다. 저 사람들도 나처럼 삽질을 할까. 그렇다면 그들의 삽질은 나랑 클래스부터 다를 것이다. 그들이 삽을 쥐었다면 내 손에 들린 건 핑크색 배스킨라빈스 스푼에 불과하다. 그래, 첫 삽에 배부르랴! 기운을 내고 싶지만 이미 기가 죽어서 다시 삽을 들 용기가 나지 않는다. 누가 정신 차리라고 내 엉덩이라도 걷어차준다면 좋으련만 글 짓는 일은 혼자의 몫이다. 나는 내 엉덩이를 걷어찰 수 없어 서러워진다.

그런 날엔 아빠 생각이 많이 난다. 시골 주택으로 이사한 지 6년째인데 우리 집은 아직도 미완성 상태다. 아빠는 항상 집의 어딘가를 부수고 부순 자리를 보수한다. 나는 찾아볼 수 없는 이 집의 안타까움이 아빠 눈엔 자꾸만 보인댔다. 여기를 넓히면 더 좋을 것 같고, 이곳의 마감이 거슬리고, 저기에 페인트를 다시 칠하면 훨씬 멋질 것 같다는 생각이 들면 멀쩡한 공간을 부수지 않을 수가 없다고 했다.

"그래도 사는 데 지장 없잖아. 이 정도면 괜찮은데 뭐 하러 사서 고생을 해, 이 더운 여름에."

한여름 뙤약볕 아래서 멀쩡한 수돗가를 쾅쾅 부수는 아빠에게 말했다. 아빠는 팔등으로 이마에 맺힌 땀을 대강 닦더니 허리를 펴고 대답했다.

"아빠는 '이 정도면 괜찮다.'라는 말이 싫어. 그거는 더 좋아질 수 있는데 이쯤에서 그만한다는 말이잖냐. 평생을 '이 정도면 괜찮다'고 하느니 딱 한 번 '아따 좋~다' 할란다."

"언제 아따 좋~다 할 건데?"

"모르지 아빠도."

"그래도 힘들잖아."

"힘들지, 힘드니까 재미있지. 쉬우면 재미가 없어서 아빠도 안 해."

아빠의 망치질에 산산이 부서지는 수돗가 세면바닥을 바라보며 나의 삽질을 떠올렸다. 아빠의 성정이 내게도 유전된 게 분명했다. 우리가 끝없이 집을 부수고 삽질하는 이유는 프롤레타리아적 기질을 공유해서일 것이다.

아빠 말처럼 힘들고 어려운데 그게 재미있어서 이 일을 계속 하고 있다. 그래도 외로운 건 좀 싫다. 쓰는 일은 너무 혼자만의 일이다. 혼자서 짓고 혼자서 부수고 혼자서 보수하고. 나는 혼자서 책임지는 게 두렵고 싫은 사람인데 어째서 이러고 있나. 이 일은 도무지 나라는 사람과 어울리지 않는 것 같다고 자주 생각한다. 때로는 글 쓰는 내 모습이 어색해서 어찌할 바를 모르겠다. 혓바닥 놓는 위치가 갑작스레 헷갈릴 때처럼 새삼스러워지는 것이다. 그래도 그냥 노트북 앞에 앉아 매일매일 삽질을 한다. 글쓰기에 탁월해지고 싶은데 삽질 말고는 뭘 해야 하는지 별 다른 방법을 알지 못하기 때문이다.

집을 짓는 마음으로 쓴다. 아따 좋~다 할 만한 집을 짓게 되기를 소망하며 일단 첫 삽을 퍼 올린다. 언젠가는 꼭 '아따 좋~다'의 순간을 만나고 싶다. 그때까지 멀쩡해 보이는 집을 마구마구 부수고 지체 없이 보수할 용기와 체력이 허락되었으면 좋겠다.

동생을 지켜라

"언니 나 얼굴 탔어?"

동생의 물음에 클로버 밭에서 시선을 거두고 그 애의 통통한 얼굴을 들여다보았다. 더위에 달아오른 볼이 발그레했으나 여전히 구름처럼 흰 얼굴이었다. 나는 성의 없이 도리질을 했다. 동생이 실망한 표정으로 태양을 향해 다시 고개를 쳐들었다. 그러고는 말했다.

"엄마가아 얼굴 타면은 은혜한테 짜장면 사준다고 약속했다?"

"왜?"

"몰라. 얼굴이 까매지면 짜장면이 묻어도 티가 잘 안 나서 그런가?"

나는 그런가 보다 생각하며 다시 네 잎 클로버 찾기에 열중했다. 동생은 집에 도착하자마자 허둥지둥 신발을 벗고는 엄마 앞으로 달려가 물었다.

"엄마! 얼굴 탔어? 이제 짜장면 먹을 수 있어?"

"아직 안 탔어"

"아직도? 언제 타?"

"조금만 기다리면 타."

며칠 후 동생은 드디어 짜장면을 먹게 되었다. 엄마가 월급을 탄 날이었다.

"월급 타면 짜장면 사줄게."를 "얼굴 타면 짜장면 사줄게."로 이해하는 바람에 며칠 동안 애먼 얼굴만 태운 동생은 짜장면 앞에서 그동안의 고생을 보상받은 듯 마냥 행복하고 뿌듯한 표정이었다.

내 동생은 늘 어설프고 착했다. 그 선함과 유약함이 본능을 잘 다스리지 못하는 아이들 세계에서는 곧잘 흠이 되었다. 미취학 아동들의 팽팽한 서열 싸움에서 맥을 못 추던 동생은 언제나 괴롭힘을 당하는 1번 타자였다. 나는 온몸이 뜨겁고 입가나 손바닥이 늘 찐득거리는 어린 동생을 귀찮아했지만 그가 어디서 맞고 올 때면 세상에서 동생을 가장 아끼는 정의롭고 든든한 언니인 것처럼 굴었다.

어느 날 동생이 또 맞고 들어왔다. 얼마나 울었는지 숨을 할딱거리며 말도 제대로 못했다.

"야! 왜 울어? 또 누가 때렸어?"

"유흑흑치흑원에흑."

"유치원에서 누가 때렸어? 누가?"

"일흑고쌀 흑 오빠흑흑."

"일곱 살? 그때 너 때린 애?"

동생이 구슬 같은 눈물을 연신 손등으로 훔치며 고개를 끄덕였다. 나는 그 녀석을 잡아다가 아주 혼쭐을 내주겠다고 동생에게 약속했다. 그러려면 일단 그놈을 만나야 했다. 그래서 부모님께 동생과 함께 유치원에 다니게 해달라고 졸랐다. 내 나이 아홉 살이었다. 밑도 끝도 없는 내 고집을 꺾을 수 없겠다고 판단한 엄마는 유치원의 입학 거부를 나에게 확인시켜 줘야겠다고 생각했다. 엄마는 유치원에 문의 전화를 걸었다. 그런데 엄마의 예상과 다르게 유치원에서는 흔쾌히 나를 받아주겠다고 했다. 알고 보니 그곳은 작은 피아노 학원을 같이 운영하고 있었는데(너무 작아서 피아노 학원에 다니는 학생이 나한 명밖에 없었다.) 거기에 다니면 피아노를 배우는 시간을 제외하고는 동생과 함께 놀 수 있었고 등하원도 함께 할 수 있었다. 마침 방학이었기 때문에 나는 다음 날부터 동생과 함께 등원을 하기로 했다. 유치원에 가기 전날 밤 이부자리에 누웠는데 약간 긴장이 되어 배가 싸하게 아팠다. 일단 동생한테 큰소리는 쳐놨는데 그 자식을 따끔하게 혼내줄 아무런 계획이 없었기 때문이다. 동생은 나와 함께 유치원에 간다는 사실만으로도 무척 든든해하는 눈치여서 더 긴장이 되었다.

"언니, 근데 그 오빠들, 일곱 살 반에서 제일 키 크고 엄청 나빠."

"나보다 커?"

"음… 언니랑 비슷해."

"팔씨름 해봤어? 나보다 세?"

"그건 아닐걸."

다음 날, 동생과 함께 등원 차에 올랐다. 차에 먼저 타 있던 애들이 자신들보다 머리 하나는 더 큰 뉴페이스를 신기한 듯 올려다보았다. 나는 카리스마를 좀 잡아보려고 살짝 인상을 찌푸리고 유치원에 도착할 때까지 창밖만 쳐다보았다.

유치원의 첫날은 강렬했다. 신발을 벗고 미닫이문을 열었는데 눈앞에 옥수수가 알알이 박힌 똥 덩어리들이 뒹굴고 있었다. 아직 화장실 훈련 중인 아이가 실수해놓은 것이었다. 비위가 약했던 나는 그 똥을 보자마자 한바탕 토할 뻔했지만 간신히 헛구역질을 억누르고 침착하게 휴지를 뜯어 선생님들과 함께 똥을 주웠다. 아무도 시키지 않았음에도 그랬던 건 이 잔챙이들 사이에서 두 뼘은 더 큰 언니로서 모범을 보여야 할 것 같다는 압박감 때문이었다. 선생님들은 의연하게 똥을 줍는 어른(?)스럽고 희생적인 내 모습에 심히 감동하여 칭찬을 아끼지 않았다. 선생님들의 신뢰와 환호를 등에 업고 기세가 등등해진 나는 한참 어린 동생들을 우쭐한 표정으로 내려다보았는데 애들의 반응이 내 기대와는 사뭇 달라서 좀 당황스러웠다. 낙엽만 한 손으로 동전만 한 코를 틀어쥐고는 노골적인 표정으로 나를 혐오하고 있었기 때문이다. 뭔가 잘못 돌아가고 있다는 강한 느낌이 구린 똥 냄새와 함께 훅 끼쳤다. 아니나 다를까. 똥도 제대로 못 가리던 잔챙이들은 그날부터 내가 유치원을 떠날 때까지 나만 보면 똥 만진 언니라고 놀리며 더럽다고 피했다.

동생을 괴롭힌 애들은 여러 명이 무리를 지어 다녔는데 동생 말대로 원내에서 가장 크고 난폭한 애들이었다. 어찌나 억세고 나쁜 놈들이었던지 나도 개네한테 장난감 칼이나 블록 같은 걸로 맞아서 첫날부터 잉잉 울었다. 자신들보다 나이 많은 나를 울리는 게 재미있었는지 개네는 타깃을 동생에서 나로 바꾸었다. 어찌됐건 동생을 괴롭힘으로부터 보호하긴 했으나 썩 명예로운 방법은 아니었다. 아무튼 그렇게 며칠을 울면서 보냈더니 아무도 내 주위에 오려고 하지 않았다. 어느새 나는 동생들한테 맞고 우는 데다가 똥이나 만지는 언니가 되어 있었던 것이다. 심지어 내가 글자를 읽지 못해서 유치원에 다시 다니게 되었다는 흉흉한 소문까지 돌고 있었다. 동생을 괴롭히는 녀석에게 정의의 쓴맛을 보여주려고 했던 나는 유치원생들한테 따돌림받는 초딩이 되어 정의가 소멸된 부패 집단의 참담하고 냉혹한 현실을 여실히 느끼고 있었다. 패배감과 외로움에 지친 어느 날, 나는 염치 불구하고 강은혜 친구들 무리에 껴서 놀기로 했다.

"은혜야~ 뭐해? 엄마 아빠 놀이해?"

그때 동생의 친구 중 한 명이 앙칼지게 대답했다.

"저리 가! 우리끼리 놀 거야!"

또 눈물이 날 것 같았다. 세상은 왜 이렇게 나에게 야박하

게 구는 걸까. 그래도 동생 친구들 앞에서 우는 추한 꼴만큼
은 보이고 싶지 않아서 이를 앙다물고 뒤돌아 가려는데 동생
이 말했다.

"우리 언니한테 왜 그래? 모두가 사이좋게 놀아야지! 언
니 이리 와."

쟤가 저렇게 발음이 좋은 애였던가? 아무튼 그날 나는 동
생의 소꿉놀이에 깍두기로 껴서 동생을 엄마라고 부르며 내
가 맡은 딸 역할을 충실하게 잘 해냈다. 유치원에 등원한 이
래로 처음으로 울지 않은 날이었다.

하루 종일 너무 신나게 놀았는지 집으로 돌아오는 유치원
차에서 깜빡 잠이 들었다.

"으아아아아아아앙."

느닷없는 동생의 울음소리에 놀라서 잠을 깼다. 아이들이
내 동생을 더럽다며 놀리고 있었다. 은혜는 한쪽 팔을 붙잡고
서럽게 울고 있었는데 아무래도 누가 팔을 때린 것 같았다.
굳은 얼굴로 동생 손을 치워보니 뜻밖의 것이 있어서 내 얼굴
이 더 굳었다. 팔이 접히는 부위에 지우개 똥처럼 검은 때가
오글오글 밀려 있었던 것이다. 애들은 그걸 보고 더 신이 나
서 깔깔대며 동생에게 손가락질했고 동생은 더 큰 소리로 울

었다. 심상치 않은 소란에 뒷자리로 온 선생님이 그 모습을 보았다. 수치스럽고 당황스러웠다. 나는 애써 아무렇지 않은 척 동생 팔에 붙은 때를 탈탈 털었다. 여기저기서 토하는 시늉을 했다. 무리 중 한 명이 우리더러 거지라고 하자 다른 아이들도 일제히 우리를 거지 자매라고 놀리기 시작했다. 몰아치는 조롱에 정신을 차릴 수가 없었다. 선생님이 아이들을 말렸지만 너무 늦었다. 나는 더 이상 참을 수가 없었다. 꼭지가 돌아버린 것이다. 그동안 참아왔던 분노와 설움이 화산처럼 터져 나왔다.

"입 닥쳐 씨발롬들아!!"

버스 안이 순식간에 조용해졌다. 속으로 진작 욕할 걸 그랬다고 생각했다.

집 앞에서 내려 엘리베이터에 타자마자 서러움이 몰려와 막 울었다. 동생도 나를 따라 울었다. 엉엉 울면서 집에 가자마자 바가지에 물을 받아 동생을 앉혀놓고 이태리타월로 동생 팔을 벅벅 씻겼다.

"강은혜! 아까 왜 그런 거야?"

"여기에 모기를 물려가지고 가려워서 긁었더니 때가 쪼끔

나왔어."

"조금이 아니던데?"

"신기해서 친구들 보여주려고 막 세게 문질렀더니 때가 많이 나온 거야."

"바보냐?! 때를 왜 자랑해!"

"언니랑 하면 재밌으니까."

"그건 목욕탕 가서 엄마가 때 밀어줄 때만 하는 거야, 알겠어?"

"응."

때밀이에 가차 없이 박박 밀린 동생의 여린 살이 빨갛게 부어올라 있었다. 미안해서 흰 비누를 손 안에서 굴려 거품을 내 동생 팔에 골고루 발랐다.

"너 아까 내가 버스에서 욕했던 거 엄마 아빠한테 이를 거야?"

"안 이를게."

"진짜지? 이르면 일름보다!"

동생과 새끼손가락을 걸고 약속했다. 비누 때문에 미끄덩거려서 손가락을 더 단단히 걸어야 했다. 약속하는 김에 하나를 더 보탰다.

"그리고 내일도 언니랑 놀자."

동생이 고개를 끄덕이며 자신의 엄지를 내 엄지에 꾹 찍었다. 우리는 손바닥을 겹쳐 복사도 하고 코팅도 했다. 동생이 내 손바닥 위에 검지로 사인하는 시늉을 했다. 나는 동생의 손바닥 위에 대충 사인하는 척 '바보'라고 썼다.

이기적인 칭찬

"여러분이 항상 저한테 예쁘다고 해주시니까, 늘 예뻐 보이고 싶은데 오늘 너무 바빠서 화장도 못하고… 얼굴이 엉망이네요. 죄송합니다."

우연히 보게 된 브이로그에서 여자는 화장하지 않은 얼굴이 신경 쓰이는지 수시로 이마와 뺨을 어루만지며 시무룩한 표정으로 더듬더듬 사과를 했다. 그날 잠자리에 누워 오랫동안 뒤척이며 그 여자를 생각했다. 자신의 맨 얼굴에 대한 불특정 다수를 향한 사과. '죄송합니다.'라는 다섯 글자 앞에는 생략된 '여러분의 기대에 미치지 못해서'가 있었을 것이다.

무엇이 그를 사과하게 만들었을까. 그것은 어쩌면 구독자들이 순수한 호의와 팬심으로 건넨 칭찬일지도 몰랐다. '여러분'들이 '예쁘다'는 칭찬을 '항상' 하지 않았더라면 그가 본인의 맨 얼굴을 '엉망'이라고 폄하하며 사과할 일은 아마도 없지 않았을까. 그저 가볍게 스쳐 보낼 수도 있었던 영상이 짧지 않은 시간 동안 머릿속을 어지럽혔던 건 그것이 결코 찰나가 아니었기 때문이다. 이와 같은 상황은 때와 장소를 가리지 않고 반복적으로 플레이되는 장면이며 나는 여기에 하루 중 최소 한 번 이상은 칭찬하거나 칭찬받는 사람으로서 등장한다. 칭찬의 목적은 분명 말하는 사람의 호의와 관심을 상대방에게 표현하는 것일 테지만 어떤 칭찬은 때때로 목적을 벗어나 듣는 이의 삶을 한 겹 더 피곤하게 한다. 주로 은근한 평가가 가미된 칭찬이 그러하다.

"머리 잘랐네? 전보다 훨씬 낫다!"

"오늘 웬일로 화장했어? 너무 예쁘다."

"살 빠졌어? 보기 좋다!"

"역시 너는 그런 스타일의 옷이 제일 잘 어울려."

언젠가의 여름에 친구와 술 한잔 하던 중이었다. 안주는 먹지 않고 술만 마시던 친구에게 그러다 속 버리겠다고 걱정했더니 그 애는 이렇게 하지 않으면 금방 살이 찐다며 하소연했다. 무심코 "무슨 소리야 날씬하기만 한데!"라고 말했는데 친구가 한숨을 쉬며 대답했다.

"너도 내 다리 보면 놀랄걸?"

친구는 본인의 하체가 상체에 비해 튼실한 것이 콤플렉스라고 말하며 남들은 자신의 늘씬한 체형을 부러워하는데 다리를 보면 실망하거나 놀랄까 봐 아무리 더운 여름에도 결코 반바지를 입지 않는다고 했다. 한여름에 그가 입고 나온 긴 청바지를 보았을 때 여러 가지 생각들이 앞다투어 밀려왔다. 친구의 콤플렉스가 비난이 아닌 칭찬에서 비롯되었다는 사실. 그러므로 나 또한 그녀에게서 반바지를 앗아간 사람 중 한 명이라는 사실. 이해하기 어렵지만 인정해야 하는 사실들이 밀린 숙제처럼 마음을 불안하게 했다.

집으로 돌아와 친구와의 이야기를 곱씹으며 스스로를 정당화하려 핑계를 찾았다. 듣기 좋으라고, 친구 기분을 띄워주려고 한 칭찬이었다고. 친구에게 어떤 부담을 주려던 의도는 추호도 없었다고. 변명하면 할수록 그동안 내가 친구에게 해왔던 칭찬은 나의 자기만족을 위한 것 그 이상도 이하도 아니었다는 사실만 명확해졌다. 그동안 내가 무심결에 뱉어온 수많은 칭찬이 부끄러웠다. 무릇 칭찬이란 예의이자 애정 그리고 센스라고 배워왔으며 나는 예의 있고 센스 있는 좋은 사람이 되고 싶어서 칭찬에 후한 사람이 되기를 기꺼이 자청해왔는데, 다시 생각해보면 나는 어찌 그리도 뻔뻔하게 남들의 모습을 '예쁘다' 혹은 '괜찮다'며 선심 쓰듯 인정해주는 얘기를 해왔던 건지 모르겠다. 과연 나에게 그럴 자격이 있을까?

요즘 나는 상대방을 향한 가벼운 칭찬을 경계한다. 조금 더 정확히 말하자면 그저 내 만족으로 그칠지도 모르는 이기적인 칭찬을 하지 않으려고 조심한다. 안 그래도 열심히 살고 있는 사람들에게 구태여 한 겹의 무게를 더 얹고 싶지 않아서다. 칭찬 없이도 불안해하지 않는 사람이 되고 싶다. 직접적인 언어를 빌린 관심과 칭찬 대신 다정한 행동과 깊이 있는 눈빛으로 애정을 전할 줄 아는 사람이 되고 싶다.

두 개의 머리끈-복점 1

왼쪽 목에 두 번째 손가락만 한 흉터가 있다. 구겨진 피부가 세로로 반듯하게 그어진 불긋한 흉터를 따라 맞물려 있는 모양이다. 평소에는 있는지도 모르고 살지만 1년에 몇 번쯤은 꼭 그 존재를 새삼스럽게 상기하게 된다. 누군가 내 목의 흉터를 발견할 때다.

"목에 그거 뭐야?"

나는 손끝에 전해지는 오돌토돌한 촉감을 느끼며 최대한 무심한 표정으로 말한다.

"아… 이거…. 철없을 때 싸우다가 칼 맞았어."

"에?"

질문한 사람은 당황한 표정으로 다음 말을 기다리다가 입꼬리를 씰룩거리며 웃음을 참는 내 얼굴을 읽고는 장난임을 알아챈다. 누군가 흉터에 대해 물어볼 때면 괜히 시시한 장난을 걸게 된다. 짧지 않은 시간 동안 알아온 사람들만이 흉터를 발견하기 때문이다. 아무래도 1년 정도는 지나야지 상대방의 이목구비와 몸의 굴곡에 익숙해지나 보다. 더 이상 익힐 것이 남아 있지 않을 때에 비로소 손가락 하나 크기의 디테일이 눈에 띄는 것이다.

고등학생 때 나간 수필 대회에서 목에 있는 흉터에 대한 글로 입상한 적이 있다. 절지동물이 탈피한 흔적 같은 흉터가 징그럽고 싫어서 못 견디겠다는 내용으로 시작해서 흉터 또한 내 몸임을 인정하고 잘 친해져보겠다는 다짐으로 끝나는 글이었다. 사실 그 글은 모두 거짓말이었다. 나는 단 한 번도 내 흉터를 미워해본 적이 없다.

내가 진짜로 미워했던 건 흉터가 자리하기 전에 있었던 아주 커다란 점이었다. 갓난아기 땐 작아서 잘 보이지도 않던 점이 점차 몸집을 불리다가 초등학교에 들어갈 무렵에는 지나가던 사람도 단번에 알아볼 정도로 새까맣게 커져 있었다.

가족들은 그걸 복점이라고 불렀다. 복을 불러오는 점. 할머니는 나중에 크면 복점 덕에 돈을 아주 많이 벌게 될 거라며 해마다 커지고 짙어지는 점을 신통하게 여겼다. 그러나 친구들이 더럽다고 놀리고 징그럽다고 피하는 이 점이 복점일 리가 없었다. 정말 복점이라면 나를 이렇게 서럽게 만들어서는 안 됐다.

　점의 크기가 커질수록 나는 작게 웅크렸다. 시도 때도 없이 거울 앞에 서서 손바닥으로 점을 가리거나, 커다란 밴드를 점 위에 붙이며 희고 매끈한 내 목을 상상했다. 오랫동안 거울을 들여다본 날 밤에는 종종 악몽을 꿨다. 점이 계속해서 커져서 온몸을 뒤덮는 꿈. 꿈속의 나는 점을 가리려고 온몸에 살구색 테이프를 휘감고도 까매진 얼굴은 어찌하지 못해 목놓아 울었다. 학교에 갈 때는 점 위에 살구색 종이테이프를 여러 겹 붙였다. 그마저도 안심이 되지 않아서 항상 왼쪽으로 고개를 기울이고 있었고 어깨 위로는 머리를 자르지 않았다. 초등학교 4학년의 운동회 날. 100미터 달리기를 하는데 머리가 흩날려 점이 드러날까 봐 양손으로 머리카락을 꼭 잡고 어정쩡하게 뛰는 딸을 본 엄마는 다음 날 나를 피부과에 데려갔다.

피부과 의사가 내 목을 들여다보던 순간이 생생하다. 가족이 아닌 누군가가 나의 치부를 그토록 상세하게 뜯어본 것은 그날이 처음이었기 때문이다. 그는 내 점을 쓸어보고 눌러보고 오므려보더니 이건 레이저로 간단히 치료할 수 있는 점이 아니라고 했다. 아무래도 피부를 절제하는 수술이 필요해 보인다며 성형외과로 가보라고 했다. 택시를 타고 시내에 있는 성형외과에 갔다. 구석에 앉아 차례를 기다리며 초조함을 달래려고 카탈로그를 뒤적였다. 성형수술이 당신의 자신감을 되찾아줄 것이라는 심하게 자신만만한 광고 문구 아래에 다양한 시술 및 수술의 비포 애프터 사진이 있었다. 수많은 케이스 사진 중 내 점보다 더 징그러워 보이는 것은 없었다.

성형외과 의사도 오랜 시간동안 내 점을 살폈다. 그의 갸웃거리는 시간이 길어질수록 좋지 않은 생각들이 머릿속에 쌓였다. 현대 의학기술로는 뺄 수 없는 점이 아닐까. 온몸이 새까만 점으로 뒤덮힐 때까지 손 놓고 지켜봐야 하는 건 아닐까. 상상이 비극의 끝으로 치닫기 직전, 마침내 그가 입을 열었다.

"이거는 점이 아니고…."

엄마의 몸이 긴장으로 빳빳해지는 것이 보였다. 덩달아 긴장한 내 목에도 힘이 들어갔다.

"이거는 피부암의 한 종류 같은데."

"아암이요오? 세상에 주여 아버지 하나님…."

엄마가 예수님과 예수님의 아빠를 동시에 찾으며 내 손을 꼭 잡았다.

"여기 표면이 이렇게 오돌토돌하고, 털도 있죠? 테두리가 매끈하게 둥글지도 않고. 가만 있어보자…."

그가 내 눈 옆에 난 점을 가리키며 덧붙였다.

"여기 눈 바로 옆에 이 점도 그래 보이네. 점점 커지지 않았어요?"

나와 엄마는 고개를 끄덕였다. 안 그래도 참깨보다 더 작았던 점이 몇 년 만에 팥알만큼이나 커진 것이 수상하다고 여기던 차였다. 엄마는 떨리는 목소리로 혹시 목에 있는 점이 새끼를 깐 것이냐고 물었다. 의사가 그건 아니라고 엄마를 안심시켰다.

목에 있는 점은 지름 5센티미터가 살짝 넘는 크기였다.

"피부 조직을 도려내야 하기 때문에 한 번에는 못 없애고 두세 번에 걸쳐서 수술을 해야겠네요. 최대한 있는 피부를 끌어당겨 봉합하긴 할 건데 만에 하나 조직이 깊어서 수술이 커지면 다른 부위의 피부를 이식해야 할 수도 있어요."

그가 의자를 빙글 돌려 뒤에 있던 책장에서 파일 하나를 꺼냈다. 클리어 파일 안에는 내 점과 같은 케이스의 수많은 사진이 있었다.

"학생은 그래도 목에 있어서 다행이야. 얼굴에 있는 사람도 있거든. 여기 갓난아기는 얼굴의 반이 점이어서 조금 자란 다음에 피부를 떼어내는 수술을 했는데…."

그가 코부터 이마까지 까만 점으로 덮인 아이 사진을 가리키며 말끝을 흐렸다. 엄마가 다시 한 번 예수님과 예수님의 아빠를 찾으며 탄식했다. 의사는 수술비가 대략 120만 원 정도 될 거라고 했다. 이번엔 내가 작게 탄식했다. 우리 집이 넉넉하지 않다는 사실을 훨씬 어렸을 때 이미 눈치챘기 때문이다. 생긴 대로 살 걸 괜히 병원에 온 것 같아 후회되었다. 역시 할머니 말은 틀렸다. 이따위로 못생기고 돈이나 잡아먹는 점이 복점일 리가 없었다.

나이에 맞지 않은 돈 걱정을 해서 엄마를 더 속상하게 만들고 싶지 않아 아무것도 모르는 척을 하려고 했지만 서러움에 눈물이 날 것 같은 기분은 어쩔 수가 없었다.

"요 눈 옆에 난 새끼 점은 목에 있는 거 수술하면서 서비스로 같이 빼드릴게요."

의사가 새끼 점을 보려고 내 턱 끝을 드는 바람에 고여 있던 눈물이 볼을 타고 흘렀다. 그가 무서워서 우느냐고 물었다. 그건 아니었기 때문에 아무 대답도 하지 않았더니 그는 "애기네. 애기 걱정 마라, 안 아프게 빼줄게."라고 마음대로 짐작하며 웃었다.

병원을 나서는 길. 좀 전에 봤던 갓난아이의 사진과, 100만 원이 넘는 거대한 금액과, 암이란 얘기. 어느 것 하나 심란하지 않은 것이 없어서 자꾸만 한숨이 나왔다. 무엇보다 엄마 아빠한테 미안했다. 잔병치레 안 하니까 밥값이 많이 들어도 하나도 안 아깝다는 엄마아빠의 칭찬이 귓바퀴를 물레방아처럼 타고 돌았다. 이럴 줄 알았더라면 엄마아빠 칭찬에 콧노래를 부르며 한 수저라도 더 먹으려 들지 않았을 것이다. 지금까지 자라면서 먹어온 모든 음식을 환불할 수 있다면 얼마나 좋을까 생각하며 지금부터라도 조금만 먹어서 가계에 보탬이 되어야겠다고 다짐했다.

"이슬아."

미안한 얼굴로 엄마를 쳐다보았다.

"떡볶이 먹을래?"

"아니."

"왜?"

"…엄마가 먹고 싶으면 먹고."

"엄마는 먹고 싶어. 저기 들러서 떡볶이 먹자."

우리는 병원 앞에 있던 포장마차에서 떡볶이를 먹었다. 맛은 기억나지 않는데 두꺼운 떡의 모양새와 질긴 식감이 아직도 기억에 남는다. 엄마는 떡볶이를 우물우물 먹으면서 좀 이따가 머리끈을 사러 가자고 했다. 난데없는 엄마의 제안에 갸우뚱하는데 엄마가 내 치렁치렁한 긴 머리를 손으로 빗어주며 말했다.

"우리 딸, 이제 좀 빼면 마음대로 머리 묶을 수 있잖아."

내가 얼마나 힘들게 눈물을 참고 있는지 엄마가 조금이라도 알고 배려했더라면 그토록 잔인하게 다정할 순 없었을 것이다.

집 앞 좌판에서 머리끈을 샀다. 고민 끝에 하나를 골랐는데 엄마가 사장님께 같은 걸로 하나 더 꺼내달라고 했다. 앞으로는 양 갈래 머리를 할 수 있기 때문이랬다. 그날 밤. 잠자리에 누워 머리끈 두 개를 끌어안고 많이 울었다. 불안함, 두

려움, 미안함, 짜증이 번갈아가며 명치를 발로 차서 설움을
울컥울컥 밀어 올리는 밤이었다.

복스러운 흔적-복점 2

그해 겨울에 첫 번째 수술을 받았다. 상담할 때 들었던 것처럼 한 번에 떼어내기에는 너무 큰 점이라 반만 먼저 제거하기로 했다. 수술실에 들어가기 전 머리카락을 망 속에 깔끔하게 집어넣고 윗도리를 모두 벗어야 했다. 엄마가 도와주겠다고 했으나 혼자 할 수 있다며 엄마의 호의를 거절하고 씩씩하게 탈의실로 들어갔다. 사실은 혼자서 마음을 다잡을 시간이 필요했다. 거울을 보고 까만 점에게 안녕을 고한 뒤 머리를 높이 틀어 묶었다. 벌써부터 후련해서 실실 웃음이 나왔다. 윗도리를 벗고 수술복을 입으려고 사물함을 열었는데 안이 텅 비어 있었다. 당연히 갈아입을 수술복이나 가운 같은

게 있을 줄 알았던 나는 크게 당황했다. 문을 빼꼼 열고 로비에서 볼일을 보던 간호사에게 걸칠 옷을 달라고 요구했다. 간호사는 어린 아이에게 맞는 옷이 없으니 그냥 수술 침대에 엎드리라고 말했다.

"그럼 수술실까지는 어떻게 가요?"

"괜찮아, 아무도 안 봐. 그냥 가."

"창피하단 말이에요."

간호사는 가뿐히 내 말을 무시하고 준비 다 되면 수술실로 오라는 말을 남기며 탈의실 문을 닫았다. 아무리 초등학생이었어도 알 것은 다 아는 나이였다. 나는 여섯 살 때 간 학원 캠핑에서 모두가 인디언 분장을 하느라 윗도리를 벗은 채로 캠프파이어를 할 때도 상의 탈의를 적극적으로 거부하며 노출로부터 젖꼭지를 사수했던 조숙한 아이였다. 여섯 살 때도 부끄러웠던 젖꼭지 노출이 열한 살이라고 부끄럽지 않을 리가 없었다. 나는 조용한 탈의실에 우두커니 서서 수치심에 분노하다가 잘 걸어두었던 윗도리를 다시 입고 로비로 나갔다. 간호사가 피곤하다는 표정으로 나를 쳐다봤다.

"옷을 벗고 나와야지."

"가운 주세요."

"맞는 옷이 없다니까."

실랑이 하는 나와 간호사를 보고 엄마가 다가왔다.

"무슨 일이에요?"

간호사가 언짢아하며 대답했다.

"애기가 갈아입을 가운을 달라는데 어린애용 가운은…."

간호사의 말을 잘라먹고 내가 말했다.

"애기 아닌데요."

그때 내가 '아 짱 재수없어.'를 소리 내어 말하지 않으려고 얼마나 노력했는지 모르겠다.

"아무리 애라도 쑥스러워하는데 수건이라도 주셔야죠. 수건도 없어요?"

엄마의 한마디에 간호사는 한숨을 쉬더니 일어나서 수건을 가지러 갔다. 간호사의 뒷통수에 대고 최대한 얄미운 목소리로 요구했다.

"수건 두 개 주세요!"

수건 두 개로 앞을 가리고 수술실에 들어가 베드 위에 엎드렸다. 수술실 안이 춥기도 하고 무섭기도 해서 몸이 달달 떨렸다. 다른 간호사가 추우냐고 물어보며 날개 뼈 아래까지 담요를 덮어주었다. 그렇다면 방금 전 왕 재수 간호사는 담요가 있었음에도 안 준 건가? 미처 가시지 않은 분노와 미움이 배가 되어 치가 떨렸다. 영화나 드라마에서 봤던 수술 현장은 심각하고 긴장감 넘치던데 내 수술실의 분위기는… 뭐랄까 가볍고 신나는 분위기였다. 의사와 간호사는 시시한 이야기를 하며 간간히 웃었고 라디오에서는 빠른 비트의 유행곡이 흘러나왔다. 살을 자르고, 실로 꿰매는 과정이 둔한 감각으로 느껴졌다. 스스로는 평생 극복하지 못했을 콤플렉스가 타인의 손에 이렇게 단숨에 잘려 나간다니, 묘한 기분이었다. 성형외과 카탈로그에 적혀 있던 심하게 자신만만한 광고 문구가 다시 떠올랐다. '성형수술로 당신의 자신감을 되찾으세요.'

열한 살의 나는 딱딱한 수술 침대에 엎드려서 두려움을 잊어보려고 온갖 철학적인 생각을 다 했다. 혼자만 나체인 채로 타인들에게 둘러싸인다는 것에 대해, 낯선 사람의 손에 목(숨)을 맡긴다는 것에 대해, 돈이면 다 되는 세상에 대해, 자신감이란 무엇인가에 대해. 불행히도 그 어떤 생각도 수술 자체가 주는 두려움을 잊게 할 수는 없었다. 이제 그만 버티고 울어볼까 싶을 즈음에 다행히 수술이 끝났다. 목에 손바닥만한 반창고가 붙었다. 의사는 수술이 아주 잘 끝났으며 내년에 한 번만 더 수술하면 점을 완전히 제거할 수 있을 거라고 했다. 실밥을 빼기 전까지는 되도록 목을 약간 왼쪽으로 기울이고 생활하라는 지침까지 들은 후에 병원 밖으로 나왔다.

엄마가 아프진 않느냐고 물었다. 수술했다는 사실조차 까먹을 정도로 하나도 아프지 않다고 들뜬 목소리로 말했다. 고작 점 반쪽을 떼어냈는데 평생을 짊어온 무거운 배낭을 내려놓은 것처럼 몸이 가벼웠다. 참 길고 긴 하루였다. 잠자리에 불편한 자세로 누웠는데 좀 전까지는 괜찮았던 목이 당기고 뻐근하다가 심하게 아프기 시작했다. 나는 이불을 깨물며 아픔을 참아보려고 애를 썼는데 그럴수록 통증은 점점 더 선명해졌다. 하필 그때 아빠가 잘 자는지 확인하려고 방문을 열었고 나는 거실 불빛이 얼굴에 쏟아지자마자 엉엉 울었다. 놀란 아빠가 많이 아프냐며 내 옆에 무릎을 꿇고 앉았다. 나는 아빠 팔을 끌어안고 오늘 하루 동안 내가 얼마나 많은 서러움을 참았으며 그럼에도 용감하려고 얼마나 노력했는지 무엇보다 병원에서 간호사가 얼마나 재수 없게 굴었는지를 오래오래 말하며 울다가 지쳐 잠들었다.

1년 뒤에 남은 반쪽의 점을 제거했다. 실밥을 제거한 날, 엄마가 좌판에서 사준 머리끈으로 머리를 양쪽으로 묶었다.

꽉 묶은 머리카락 아래로 목이 다 드러났다. 점은 없어졌지만 바늘땀이 적나라한, 길고 붉은 흉터가 남았다. 그런데도 전혀 신경 쓰이지 않았다. 흉터가 진짜 흉터이려면 티 없이 맑은 자리에 생긴 자국이어야 했다. 없었으면 더 좋았을 뻔한 것이 어야 했다. 그러므로 내 목에 있는 흉터는 진짜 흉터가 될 수 없었다. 그것은 아주 많은 것이 아물고 성장하느라 생긴 복스 러운 흔적이기 때문이다.

3부

언제나 어려서
언제나 어려운

나는 밥 잘 먹고 쑥쑥 자라서
서어른이 되었다

　방송용 게임 아이템으로 애니메이션을 조사하다가 〈아기 공룡 둘리〉에 나오는 고길동의 추정 나이가 서른 살이라는 사실을 알게 되었다. 언제까지나 아저씨일 줄로만 알았던 고길동이 나와 동년배라니. 충격이 채 가시기도 전에 짱구의 부모님은 20대 후반으로 나보다 어리다는 사실까지 알고 말았다. 어쩐지 언제부턴가 짱구와 둘리의 '모험'보다는 만화 속 어른들의 '개고생'에 초점이 맞춰지더라니. 다 이유가 있었던 것이다. 그나저나 언제 이렇게 나이를 먹었담. 약간 쌉쌀한 마음으로 친구들에게 마음속으로 인사를 건넸다.

　"길동아, 미선아, 형만아. 안녕. 나 너무 많이 컸다. 징그러워."

자료조사를 하다 말고 친한 친구로서 만난 우리, 그러니까 길동, 미선, 형만과의 만남을 상상해봤다. 상상 속의 우리는 오랜만에 만나 반가운 얼굴로 서로의 안부를 물은 뒤 식당으로 향하고 있었다. 거기까지 상상했는데 불현듯 지나치게 현실적인 질문이 떠올랐다.

'계산은 누가 하지?'

아무래도 나와 길동이가 나눠서 계산해야 할 것 같았다. 미선이랑 형만이는 우리보다 나이도 어린데 애를 둘이나 키우느라 고생스럽고 빠듯할 테니까. 아마 길동이도 기꺼이 지갑을 열 것이다. 허황된 상상이라지만 돈 낼 생각을 하니 너무 비싼 식당으로는 못 갈 것 같았다. 아무리 나눠 낸다고 한들 성인 4인의 식사비는 현실에서건 상상에서건 부담스럽다.

상상 속의 목적지가 근사한 레스토랑에서 적당히 시끄럽고 적당히 소박한 한식집으로 바뀌었다. 식당 문을 열려는 순간 길동이가 입을 열었다.

"에휴, 우리 집 공룡 놈은 언제 나가려나."

아차, 생각해보니 길동이도 애 아빠였다. 거기에 외계에서 온 객식구들까지 돌보느라 짱구네보다 힘들면 더 힘들었지

덜하진 않을 것이다. 가만, 넷 중에서 그래도 내가 제일 팔자가 편하잖아? 이런, 내가 밥을 사야 하나.

한식집 앞에서 급하게 발걸음을 돌려 근처 실내포차로 향했다. 도토리묵과 가락국수에 소주 한잔씩을 걸쳤다. 계산대 앞에서 카드를 내밀며 실랑이하는 친구들을 극구 말린 뒤 기분 좋게 계산을 했다. 가게 앞에서 다음에 또 보자고 안녕을 고한 뒤 지하철을 타러 걸어가는데 웬일인지 길동이랑 미선이랑 형만이는 여전히 가게 앞에 서 있었다. 나 빼고 2차를 가려나 싶은 마음에 집에 안 갈 거냐고 물었더니 그들은 이를 쑤시며 대리운전 기사를 기다리는 중이라고 말했다. 아, 그대들은 집도 있고 차도 있고 애도 있군요. 걔들이 다시 어른처럼 느껴졌다.

1991년에 태어난 나는 2020년 1월 1일이면 서른이 된다. 의도치 않게 10년을 세 번이나 살았다. 10년이면 강산도 변한다던데 그런 건 모르겠고 얼굴에 깻가루만 한 기미가 몇 개 생긴 건 분명히 알겠다. 나는 아직까지도 이토록 자기중심적이다.

솔직히 말하자면 서른이 되는 게 싫어 죽겠다. 영원히 20대일 수만 있다면 얼마나 좋을까. 나이를 세는 셈법이 바뀌었으면 좋겠다. 가수 별이 부른 희대의 명곡 '12월 32일'의 가사처럼 막무가내로 우기고 싶다. 29.1세라고, 29.2세라고, 29.3세라고….

내가 서른임을 받아들일 수 있을 때까지만 서른을 미룰 수는 없을까. 물론 그날은 영원히 오지 않겠지만.

나는 언제부터 서른 되기를 꺼려했을까. 찬찬히 되짚어보니 초등학교 저학년 때부터였던 것 같다. 열 살이 되기 전의 어느 날. 교실 바닥에 친구들과 둘러앉아 놀고 있는데 어떤 애가 이런 질문을 했다.

"너네는 몇 살까지 살 거야?"

나는 3초 정도 진지하게 생각한 후 대답했다.

"스물아홉 살."

왜냐는 질문에 너무 늙기 전에 죽고 싶기 때문이라고 대답했다. 그때는 서른을 넘긴 이슬이가 죽어버린 이슬이보다 끔찍하다고 생각했다. 친구들이 강하게 고개를 끄덕이며 자신들도 스물아홉에 죽겠노라고, 같이 죽자고 쬐끄만 새끼손가락을 내밀었다.

시간이 흘러버렸고, 어린 이슬이가 죽기로 마음먹었던 때

가 왔다. 봄에도 괜찮았고 여름도 견딜 만했는데 날씨가 추워
지니 문득문득 서글퍼진다. 이제 몇 달만 있으면 나의 20대
는 끝장이 나버린다.

서른이 되기 싫은 이유는 명료하다. 스물아홉에 비해 얻는
것은 없고 잃는 것들만 수두룩하기 때문이다.

'20대니까 괜찮다.'는 무적의 자기합리화 멘트를 잃는다.
'30대니까 괜찮아.'는 들어본 적이 없다. 요즘 들어 여기저기
쑤시고 아픈 날이 잦아졌다. 건강을 잃었다. 끝없이 마실 수
있었던 소주에 브레이크가 걸렸다. 주량을 잃었다. "스물아
홉이에요."라고 말할 때마다 부러움 가득한 목소리로 "20대
라 좋겠다."라고 하던 어른들의 동경을 잃는다. 세수할 때 발
견한 베개 자국이 점심쯤 되어야 옅어진다. 탄력을 잃었다.
기분 좋게 출근하면 사람들이 이슬이 피곤하냐고 묻는다. 생
기를 잃었다. 스물아홉에 열렬히 좋아했던 가수를 서른에도
열렬히 좋아하면 철없다 소리를 듣는다. 철을 잃는다. 이게
다 서른이 되어서 그렇다. 당최 사랑할 수 없는 나이다.

나이 서른에 주어지는 강렬한 메리트가 있었으면 좋겠다.
서른이 되는 날 거액의 위로금(?)이 통장에 찍힌다든가, 술에

절어버린 간이 10년을 주기로 '리셋'된다든가.

서른은 영원히 철없이 어릴 줄로만 알았던 애가 억지로, 그리고 갑자기 어른이 되어야 하는 시점이다. 그러나 나는 어른이 아니다. 어른이라기에는 정장이 정말로 안 어울리며 아직도 홍어 삼합을 못 먹고 제태크는 죄태크 수준이며 무엇보다 노는 게 제일 좋기 때문이다. 장담컨대 뽀로로보다 내가 훨씬 제대로 잘 논다.

이런 얘기를 하면 "제일 좋을 때인지를 모르고… 내 나이 돼봐라." 하며 혀를 차는 사람들이 있다. 속으로 외친다. 나도 압니다. 서른이 얼마나 좋고 훌륭한 나이인지! 근데 그냥 싫은 걸 어떡해요! 영원히 20대이고 싶은 걸 어떡해요! 이제 막 고등학교를 졸업한 사람들이 부러운 걸 어떡해요! 그쪽도 90대 노인이 보기엔 한창인 나이인 걸요! 차라리 "나 땐 말이야…."로 시작하는 스테레오타입 꼰대 멘트를 날려주십시오. 댁도 이맘때는 서른 됨을 서글퍼했잖아요.

사실 서른이 얼마나 멋진 나이이고 할 수 있는 게 많은 때인지를 안다. 그러나 아는 것과 싫은 것은 다른 것이다. 나는 그냥 서른이 되기 싫다. 이렇게 떳떳하게 싫다고 말할 수 있음은 내 나이가 아직 스물아홉이기 때문이다. 20대 초반에

서른이 되기 싫다고 외치면 뭣 모르는 어린애 취급이나 받을 것이고, 나이 서른에 서른을 싫어하면 그것은 그냥 변절자다. '서른 싫어.'는 어쩌면 스물아홉에게만 주어지는 특권이다. 그러므로 스물아홉의 나는 '서른을 싫어할 자격'을 적극적으로 누리며 마지막 '땡깡'을 있는 힘껏 부릴 요량이다.

그리고 이 글을 환갑의 꼰대 강이슬에게 바친다.

이제는 쌀밥을 먹어야 할 때

　젠장, 12월 1일이다. 앞으로 딱 30일 하고도 하루가 더 지나면 고길동과 갑이 된다. 어제까지는 하루하루가 아까웠는데 오늘부터는 1분 1초가 아까워질 예정이다. 뭘 하며 시간을 보내야 훗날 강렬하고 짜릿하며 후회 없는 스물아홉이었다고 말할 수 있게 될 것인가.

　'1분 1초를 어떻게 살 것인가'에 대한 영양가 없는 고민으로 금 같은 1분 1초를 열 번 정도 넘겼을 때, 배가 고팠다. 오늘도 밥이 당겼다. 그래서 밥 아닌 다른 메뉴들을 바쁘게 떠올렸다. 제발 밥 아닌 다른 음식이 당기길 간절히 바라며. 한 달 전부터 밥이 당기는 증상(?) 때문에 삼시 세끼가 착잡하다. 나로 말하자면 쌀밥 없이도 열흘은 거뜬한 사람이었다. 밥보다 간편하고 자극적인 패스트푸드를 더 좋아했고 커피 한 잔이나 달달한 빵 한 쪽으로 한 끼 때우는 일도 잦았다. 그런데 요즘은 그렇게 국물과 쌀밥이 당긴다. 국밥…. 뜨끈한 국밥이 자꾸만 먹고 싶다. 이게 다 서른이 가까워졌기 때문인 것만 같다. 패스트푸드나 과자로 끼니를 해결할 때마다 "그게 밥이 돼?"라고 물었던 부모, 선배, 어른들의 멘트는 이제 내 것이 되었다. 크림빵에 우유로 밥을 대신했던 과거의 내가 너무 그립다. 이렇게 되어버릴 줄 알았더라면 어릴 때부터 일부러라도 쌀밥에 찌개를 찾아 먹었을 것이다. 그랬다면 이런 불필요한 상실감 및 패배감에 에너지를 낭비할 필요도 없었을 테니까.

엊그제는 출근하기 전 요기를 하러 편의점에 갔다. 역시나 밥이 당겼지만 샌드위치를 먹어야만 한다는 옅은 강박에 몇 분 동안 샌드위치 코너를 노려보다가 너무 바보 같은 짓이라는 걸 깨닫고 두툼한 김밥을 한 줄 사서 나왔다. 쓴웃음이 나왔다. 이게 뭐라고 억지를 부렸나. 이깟 거에 과민반응하지 말자고 마음을 다스리며 편의점을 나왔는데 바닥에 흩뿌려진 과자 부스러기를 쪼아 먹는 비둘기를 보고 그만 찌질하게 분노하고 말았다.

"나도 네 나이 땐 돌도 씹어 먹었거든?"

우스운 혼잣말까지 읊조렸을 때 깨달았다. 방금 내가 한 말, 극혐하는 꼰대 멘트가 아니던가. 아무리 서른이 싫다고 해도 서른을 뛰어넘고 곧장 꼰대로 초고속 '렙업' 해버릴 것까지는 없지 않나. 급하게 만 나이를 헤아려봤다. 만으로 하면 아직은 넉넉한 20대였다. 안도의 한숨을 내쉬다가 확실하게 서글퍼지고 말았다. 만 나이라는 것은 서른이 가까워졌을 때야 집착적으로 헤아려보게 되니까.

회사에서 차디찬 편의점 김밥을 씹어 먹으며 허기를 달랬다. 배고픔이 가라앉으니 비둘기 앞에서 가볍게 끊어져버린 이성의 끈이 조금씩 이어지는 것이 느껴졌다. 서른이 된다고 갑자기 머리가 세고 관절이 급속도로 상하는 것도 아닌데, 오히려 더 즐거울지도 모르는데(그리고 다들 즐겁다고 하던데) 왜 이렇게 겁이 나고 싫을까. 아무래도 유익한 조언이 필요했다. 서른셋의 회사 언니에게 서른이 되기 싫어 죽겠다고 앓는 소리를 했다. 언니는 서른이 넘으니 20대보다 훨씬 여유롭고 즐겁다고 대답했다. 이미 알고 있는 대답을 들었는데도 안심이 되었다. 역시 서른이 엄청나게 끔찍한 것은 아니구나. 다가오는 서른을 향해 마음의 문을 아주 조금 열까 하는데 언니가 덧붙였다.

"근데 스물아홉에서 서른 넘어가는 거 존나 끔찍해. 나는 딱 서른이 되던 자정에 버스에서 울었어."

"왜요?"

"왜긴. 거지 같으니까. 나는 30살이나 됐는데 돈도 없고 애인도 없고 고양이도 없었거든."

"언니 친구들도 그랬어요?"

언니는 당연하다는 표정으로 고개를 끄덕이고는 더 끔찍한 건 자신이 내년이면 30대 중반이 된다는 사실이라고 덧붙였다. 그건 또 어떻게 견뎌야 할지 모르겠다며 한숨을 쉬었다.

나도 덩달아 길게 한숨을 뱉었다. 나라고 별수 없을 것이다. 앞으로는 5년을 주기로 이 끔찍함을 견뎌야 한다는 사실이 안 그래도 착잡한 나를 더 심란하게 했다. 서른을 넘으면 서른 중반이, 그다음엔 마흔이, 그다음엔 마흔 중반이 나를 골릴 터였다.

갑자기 생일 초 앞에서 "내가 쉰이라니." 작게 탄식하며 마른 얼굴을 쓸어내리던 우리 엄마가 떠올랐다. 그때는 생일 초를 앞에 두고 한숨 쉬던 엄마의 무거운 표정을 이해하기 어려웠는데 지금 생각해보면 엄마는 양반 중 양반이었다. 혹여 하나라도 빠뜨릴 새라 50개의 생일 초를 하얀 케이크 위에 꼼꼼히도 꽂았던 과거의 잔인했던 나를 어떻게 혼내야지 엄마께 사죄할 수 있단 말인가. 가쁜 숨으로 50개의 생일 초를 모조리 꺼버리던, 어쩐지 슬퍼 보였던 엄마의 상심을 나이 서른을 목전에 둔 지금에서야 가늠해본다.

갑자기 밥이 당기는 이유를 알 것도 같았다.

나는 이 나이 먹고도 어리석게 까불고 섣부르고 서툴러서 갑자기 밥을 찾나 보다. 밥 중에서도 시간을 들여 꼭꼭 씹고 후후 식혀 먹어야 하는 국밥이 당기나 보다. 서른 되기 전에 그동안 안 먹은 밥 먹고 좀 더 자라려고, 자라서 성숙해지려고, 진작 밥 많이 먹고 어른스러워진 친구들의 반만큼이라도 따라가려고 밥을 먹나 보다. 비둘기한테 질투 섞인 꼰대 멘트나 날리고, 환갑 바라보는 엄마 앞에서 강짜 부리는 나는 진짜 밥 좀 먹고 더 커야겠다. 앞으로 남은 한 달이 20대를 마무리하는 하이라이트의 시간인 줄 알았는데, 어쩌면 서른스러운 서른을 위한 촉박한 준비 기간일지도 모르겠다.

타투하지 말 걸 그랬다

그게 언제였더라⋯. 날짜라든지 그날의 날씨 같은 건 기억
나지 않지만 아무튼 토익 공부를 해야만 하는 날이었다. 토익
공부를 안 하면 졸업도 못하고 취업도 못하고 따라서 돈도 못
벌고 결국엔 인생을 말아먹고 말 테니까.

그런데 도무지 토익 공부를 하고 싶은 마음이 들지 않았
다. 강이슬의 껍데기는 도서관 의자를 바짝 끌어당기고 앉아
서 책상 위에 두꺼운 토익 책을 몇 권이나 쌓아두고 있었지만
강이슬의 알맹이는 '싫어 싫어 토익 공부하기 싫어.'를 5초에
한 번씩 외치고 있었다. 이러다간 정말 내 인생이 망하고 말
겠구나 싶었다. 나를 정신 차리게 할 뭔가가 필요했다. 스스

로를 따끔하게 혼내기 위해 인터넷 창에 '공부 명언' 따위를 검색해보았다. 그러다가 죽을 때까지 못 잊을 명언을 하나 발견하고 말았다. 대략 이런 거였다.

'당신이 죽기 전 신에게 시간을 되돌려달라고 빌었다고 생각해보자. 만약 오늘이 당신이 그토록 갈망하여 되돌린 과거라면 그렇게 살 것인가?'

그 글을 읽고 눈과 턱을 커다랗게 벌렸다. 무릎도 소리 나지 않도록 조심하며 탁 쳤다. '와….' 하는 감탄사까지 내뱉고 싶었지만 도서관에는 공부하는 사람들이 많았다. 얼른 휴대폰을 엎어놓고 다시 한 번 도서관 의자를 바짝 끌어당겨 앉았다. 산 지 한참 되었지만 여전히 새 책 같은 토익 책의 흰 귀퉁이에 '후회하지 말자!'라고 적었다. 의지를 불태우며 첫 문제에 밑줄을 긋다가 그만 이런 생각을 하고 말았다.

'가만… 죽기 전에 하는 후회가 고작 토익 공부를 하지 않은 것이라면…. 뭐야 정말 잘 산 인생이잖아?'

그 생각이 스침과 동시에 토익 책을 덮었다. 필요 이상으로 많이 꺼내놓았던 색색의 볼펜들도 필통 속에 도로 넣었다.

소음이 나지 않도록 조심스럽게 가방을 싸고 가벼운 걸음으로 도서관을 나왔다. 죽기 전에 할 후회가 '오늘 토익 공부를 하지 않은 것'이기를 간절히 빌면서. 그날로부터 10년 가까이 지났지만 다행히 한 번도 '그날 토익 공부하지 않았음'을 후회한 적은 없다. 그러니 아마 죽기 전에도 토익 공부를 하지 않은 그날을 뼈저리게 후회할 일은 없을 것이다. 다시 말하면 토익 공부 말고 뭔가를 후회할 거라는 뜻인데 그놈의 죽기 직전에 할 후회가 도대체 무엇이 될지 감이 안 와서 나는 이따금 좀 초조해진다.

어쩌다 읽은 공부 명언은 내 삶의 참 많은 부분을 합리화하는 데 도움을 주었다.

이를테면 앞머리를 짧게 자를까 말까 고민이 될 때 한번 곱씹는 것이다. 내가 오늘 앞머리를 자른다면 후회할까. 죽기 직전 마주한 신에게 제발 그날로 되돌아갈 수 있게 해달라고, 그래서 앞머리를 자르기 직전의 나를 스스로 귀싸대기를 때려서라도 막게 해달라며 눈물로 빌게 될 것인가. 아무래도 아닐 것 같기 때문에 나는 용감하게 앞머리를 자른다. 눈썹 위로 한참 올라간 앞머리가 마음에 들지 않더라도 "죽기 전에 후회할 만큼은 아닌 것 같아." 하고 씩씩하게 셀카를 찍는다.

어느 날엔 타투가 무지 하고 싶었다. 그 얘길 했더니 부모님은 물론이고 몇몇의 친구, 직장 동료들도 우려를 표하며 말렸다.

"나중에 후회하면 어떡해?"

"할머니 돼서 목욕탕 어떻게 갈 거야?"

"백만장자와 사랑에 빠졌는데 시부모님 될 사람이 타투를 한 며느리는 우리 집에 절대로 들일 수 없다고 반대하면 어떡해?"

타투는 신중히 해야 하는 것이 분명하다. 한번 타투를 해버린 이상 타투를 하기 전의 나로는 두 번 다시 되돌아갈 수 없기 때문이다. 이건 얼마든지 다시 자라는 앞머리를 자른다거나, 돈만 내면 다시 칠 수 있는 토익 시험과는 레벨이 다른 문제인 것이다. 그리고 혹시 모르지 않나. 어느 날 갑자기 내 팔자를 펴줄 백만장자와 정말로 사랑에 빠지게 될지.

나는 평소보다 훨씬 심각하고 진지하게 타투한 나의 미래를 그려보았다.

젊은 시절 팔에 코끼리 문신을 새긴 늙은 내가 삶과 죽음의 경계에 맥없이 누워 있다. 육신을 눕힌 자리가 병원 침대일지 아니면 뜨끈한 온돌 바닥일지, 아니면 구급차 안일지 모르겠지만 어쨌든 내가 사랑하는 사람들이 눈물을 참으며 나의 마지막 유언을 기다리고 있다.

나는 금방이라도 꼴깍 넘어갈 듯 위태롭다. 한참을 숨을 고른 후 주변의 도움으로 생전 마지막 물 한 모금을 마신 내가 갈라진 목소리로 느리게 말한다.

"내가… 살면서… 가장… 후회가 되는 거는… 이거…(힘겹게 코끼리 타투를 가리키며) 이거를 하지 말았어야 혀…." 하고 죽는다. 내가 사랑하는 사람들이 목을 놓아 운다.

"이슬아!!!!!" (혹은 "할머니!!")

나의 영혼은 둥둥 떠올라 죽은 나와 내 곁의 친구들(혹은 후손들)을 바라보고 있다. 강이슬의 영혼은 더 이상 손등에 묻어나지 않는 눈물을 열심히 훔치며 숨이 넘어가는 바람에 하지 못한 말을 마저 이어한다.

"애들아 너희는 나처럼은 살지 말아라…."

나의 차가운 묘비에는 이런 말이 적힌다.

'결국 코끼리 타투를 해버린 자, 여기에 묻히다.'

심각하고 진지한 고민을 마친 나는 평소 눈여겨보았던 타투이스트에게 인스타 DM을 보냈다.

안녕하세요. 이번 주 평일 중 코끼리 타투를 받을 수 있을까요?

타투를 받은 지 한참이 지났지만 아직까지 코끼리 타투가 참 마음에 든다. 쌀쌀해지는 바람에 옷소매가 길어진 요즘에는 괜히 한 번씩 팔을 걷어 코끼리 타투를 확인할 정도로. 그러면서도 죽기 전 가슴을 치며 코끼리 타투를 후회하게 되기를 은근히 바란다. 코끼리 타투를 해버리는 바람에 인생이 완벽해지지 않았다고. 완벽할 뻔했던 내 인생에 코끼리 타투라는 오점을 남기고 말았다고 엉엉 울며 후회하고 싶다.

죽기 전에 후회할 것이 고작 반 뼘짜리 코끼리 타투였으면 좋겠다.

망원동 친구들

학창 시절 선생님들은 하루 빨리 어른이 되고 싶어 하던 우리들에게 여러 가지 조언을 했는데 그중 귀에 못이 박히도록 들었던 이야기 톱 쓰리를 꼽자면 아래와 같다.

넘버 원. 교복 입을 때가 좋을 때다.

넘버 투. 독립해봤자 좋을 거 없다. 부모님께 용돈 받는 게 최고다.

넘버 쓰리. 학창 시절 친구가 평생 간다. 사회에서 만나는 사람들과는 진정한 친구가 될 수 없다.

살아보니 넘버 쓰리는 틀렸다. 머리가 굵어지니 취향이라는 것이 확고해졌고 사람에게도 취향이랄 게 생겼다. 내 취향의 사람에게 더 강하게 끌린다. 그런 사람들은 교실처럼 같은 공간 안에 오랜 시간 붙어 있지 않더라도 이야기 몇 마디로 금방 농도 짙은 친밀감을 공유할 수 있게 된다.

망원동에서 여러 명의 친구를 사귀었다. 그중 특별히 친한 네 명과는 종종 여행도 가고 시간 되면 만나서 자주 취한다. 우리의 단톡방 이름은 '망원동 놈들'인데 온갖 영양가 없는 시시껄렁한 잡담들이 새벽까지 오가기 때문에 숙면을 위해서는 카톡 알림을 꺼두어야 한다.

망원동 놈들 중 망원동 토박이는 한 명도 없다. 경기도, 충청도, 전라도에서 온 외로운 영혼들이 어쩌다 보니 망원에 작은 터를 꾸렸고 집이 가까워서 쉽게 만나다 보니 꽤나 특별해졌다.

맨 처음 사귄 망원동 친구는 이찬열이다. 걔는 마포구청 쪽에서 힙하고 작은 가죽공방을 운영하는데 거기에 원데이 클래스로 여권 지갑을 만들러 갔다가 만났다. 바느질을 개판으로 하면서도 그저 좋다고 웃는 내가 나쁜 애 같아 보이지는 않았는지 찬열은 기꺼이 내 친구 신청을 받아주었다. 알고 보니 우리는 걸어서 3분, 뛰어서 1분 거리에 사는 이웃이었고 일주일에 여섯 번은 집 앞에 있는 형무호프에서 만나 별별 얘기를 다 하며 친해졌다. 찬열은 사랑에 아주 취약해서 모든 이성에게 한 번씩은 가슴 떨려하는 앤데 나에겐 단 1초도 그런 종류의 감정을 느끼지 않았다. 피차 마찬가지였기 때문에 둘 중 누구라도 자존심이 상하거나 어색해질 일은 없었다. 내가 소개팅에서 번번이 고배를 마실 때마다 찬열은 형무호프에서 맥주를 샀다. 나는 공짜 맥주를 얻어 마시며 소개팅 실패담을 늘어놓았다. 가끔은 약간의 유머를 섞어 반 진심으로 이성으로서의 매력 없음을 자조했는데 그러면 찬열은 정색하며 말했다.

"야, 네가 얼마나 멋지고 괜찮은 앤데! 그놈들이 멍청해서 너를 못 알아본 거지."

그럼 나는 말했다.

"이 새끼야. 너같이 세상에서 제일 헤픈 놈도 나한테 설렌 적 없잖아."

그럼 찬열은 과도하게 깜짝 놀란 표정으로 관자놀이를 긁으며 대답했다.

"야, 이슬아. 어… 야… 미…미안하다 이슬아."

찬열과 함께 있으면 배에 힘을 빼고 웃게 된다. 숨 쉬듯 흘러나오는 웃음인 것이다. 그에게는 사람을 편하게 하는, 그래서 자꾸 편하고 싶게 만드는 재주가 있다. 쌀 한 톨만큼의 불편함도 감수하고 싶지 않아서 나보다 한 살 많은 걔를 절대 오빠라고 부르지 않는다.

리아는 코끼리 타투가 이어준 인연이다. 사실 타투이스트 리아를 만난 건 그보다 몇 년 전, 생애 첫 타투를 받던 날이다. 그날 나는 너무 긴장해서 그가 무슨 말이라도 먼저 꺼내주길 바랐는데 리아는 한 시간 동안 한마디도 안 했다. 타투숍은 어둡고 낯설었고 안 그래도 차가운 인상의 리아는 집중하느라 인상을 쓴 채로 내 팔을 노려봤기 때문에 나는 타투가 끝날 때까지 잔뜩 쫄아 있었다. 몇년 후 코끼리 타투를 새기기로 결심했을 때 네 시간 가까이 어색한 분위기를 견뎌야 한다는 사실이 마음에 걸렸지만 그럼에도 리아를 찾아간 이유는 그의 깔끔한 솜씨 때문이었다. 그런데 다시 찾은 리아는 뭐랄까 굉장히 스윗했다. 시시콜콜한 농담 따먹기를 여유 있게 받아치는 리아 덕에 신이 난 나는 방정맞게 이런 이야기를 했다.

"쌤, 저 사실 그때 첫 타투였거든요. 안 그래도 무서웠는데 그때 쌤이 단 한마디도 안 해서 엄청 쫄아 있었어요."

리아는 잠시 타투 머신을 거두고 깔깔 웃더니 대답했다.

"사실 저도 그날 첫 타투였어요. 엄청 긴장해서 말할 정신이 없었어요."

첫 타투를 주고받은 우리는 운명이 아닐까 생각했다. 얘기를 나누다 보니 리아도 망원러였고 이찬열과 동갑이었다. 며칠 후 찬열과 술 마시는 자리에 리아를 불렀고 그날 몇 병의 소주를 비운 우리 셋은 친해졌다.

수린은 찬열과 둘이서 클럽에 갔다가 만난 두 살 어린 동생이다. 취해서 춤을 추다 찬열과 찢어졌는데 정신을 차려보니 웬 모르는 여자들한테 둘러싸여 무아지경으로 춤을 추고 있었다. 그들은 알고 보니 수린의 친구들이었다. 수린은 찬열과 아는 사이여서 우리 셋은 클럽이 마감할 무렵에 나와 김밥천국에서 해장 겸 아침을 먹었다. 나는 필름이 끊긴 상태여서 그날이 잘 기억나지 않는데 후에 수린의 얘기를 들어보니 그날 내가 김치만두를 무지하게 많이 주문해서 무지하게 많이 먹었다고 한다. 그래서 수린은 나를 한참 동안 김치만두 언니로 기억했다.

크리스마스 즈음 우리 넷은 찬열의 공방에서 술을 마셨다. 그날은 눈이 내렸고 얼마 전 짧게 사귄 애인과 헤어졌던 나는 조금 울적했다. 찬열이 남자를 소개해주겠다며 친구를 불렀다. 얼마 후 곰돌이 푸우를 닮은 넉넉한 애가 어깨와 머리에 약간의 눈송이들을 얹고 들어왔고 자신을 김기문이라고 소개했다. 기문은 몰랐겠지만 걔를 제외한 나머지 애들은 나랑 기문이 연인으로 발전할지 말지에 온 촉각을 기울인 상태여서 별것도 아닌 일에 과한 의미 부여를 하며 흥미진진해했고 나는 괜히 쪽팔렸다. 친구들은 기문과 내가 담배 피우러 나갈 때마다 머리를 맞대고 밀어줄 궁리를 했다. 며칠 후 기문이랑 둘이 만나서 술도 마시고 술김에 길거리에서 살사도 추고 노래방에 가서 아침까지 온갖 장르의 노래를 다 불렀지만 서로에게 이성으로서의 감흥을 느끼지 못했고 덕분에 우리는 더 친해져서 사심 없이 살사를 격하게 추는 친구가 되었다.

망원 친구들은 모두 프리랜서다. 생활 리듬이 비슷한 우리는 보통 자정에 모여서 동이 틀 때까지 술을 마시곤 했는데 내가 불광동으로 이사를 하고 나서부터는 다 같이 모이는 자리가 뜸해졌다. 그렇다고 굳이 며칠 전부터 약속 시간을 정하지는 않는다. 내가 아는 사람들 중 시간 약속이 가장 무용한 무리이기 때문이다. 3주 전부터 약속한 모임은 어김없이 취소되는데 누가 30분 전에 만나자는 제안을 하면 빠지지 않는다. 이렇듯 약속을 개똥으로 알면서도 우리는 뻔뻔해서 만날 때마다 함께하는 미래를 구체적으로 약속한다. 이다음에 돈 좀 모으면 공동 작업실을 만들어서 함께 일하자는 약속. 마당 있는 2층 주택을 개조해서 찬열이는 가죽 만들고 리아랑 수린이는 타투하고 기문이는 영상 만들고 나는 글 쓰자고. 1년에 한 번쯤은 전시회를 열어 사람들을 초대하면 참 좋겠다고. 각자의 작업실에 들이는 월세가 만만치 않다 보니 나온 아이디어다. 누구 하나 마음먹고 앞장선다면 정말 실현 가능할지도 모르겠으나 그게 언제가 될지 모르겠고 언제가 되더라도 상관이 없어서 우리의 이야기는 마냥 뜬구름처럼 흩어진다. 그럼에도 어떤 반짝이는 기대 때문에 공동 작업실 이야기를 할 때는 사뭇 진지해진다.

친구들과 그런 이야기를 하고 있자면 학창 시절 때 느꼈던 설렘이 오랜만에 되살아난다. 그때도 친한 애들과 머리를 맞대고 큰 도시에서 펼칠 막연한 미래를 자주 꿈꿨다. 그 꿈을 좇아 서울에 왔는데 여기는 당장 내일을 대비하기도 벅찬 곳이어서 감히 미래를 이야기할 여유가 없었다. 그런 이야기를 할 자격도 내겐 없는 것 같았다. 서울은 모두가 뭔가를 얻으러 왔다가 자꾸만 잃게 되는 도시 같았다. 이곳은 언제까지 나를 외롭게 만들 작정일까, 나는 언제까지 이 도시의 살풍경을 떠도는 밋밋한 부유물처럼 살아야 할까. 오랫동안 그런 생각을 하며 서울을 살아냈다. 그런데 망원에서 처음으로 서울과 친해진 기분이 들었다. 낯선 곳에서 점점이 모인 친구들 덕분이었다.

점과 점 사이를 잇는 선. 선들이 엮이며 만든 작은 테두리 안에서 나는 타향의 낯섦을 잊고 긴장을 풀었다. 이곳에서 만난 친구들과 서울에서 살아갈 미래를 이야기한다는 사실이 기껍고 신기하다. 그것은 꼭 이뤄내야만 하는 삶의 목표나 목적 같은 것이 아니라 눈을 반짝이며 재잘거릴 수 있는 기대이기 때문이다. 이제는 서울에도 비생산적인 이야기를 고심해서 오래오래 떠들 수 있는 사람들이 있다. 그 사실이 좋아 죽겠다. 비로소 이 도시가 조금 편하다. 이게 다 선생님의 넘버쓰리가 틀린 덕분이다.

상대적 가난과 절대 부

연봉이 900만 원 언저리였던 방송국 막내작가 시절. 나보다 어린 동기 작가와 늦은 점심으로 떡볶이를 먹었던 날. 우리는 뜨거운 떡볶이 국물이 차갑게 말라붙을 때까지 우리의 가난한 처지를 이야기했다. 일하는 강도에 비해 턱없이 낮은 월급, 없는 그리고 어쩌면 앞으로도 없을 복지, 부당한 처우, 부모님 앞에서의 부끄러움, 밤마다 찾아오는 자괴감.

나와 같은 처지의 누군가와 넋두리를 할 수 있다는 사실을 커다란 다행으로 느꼈다. 그날 떡볶이 값으로 1만 원 정도가 나왔다. 당시 내 3일치 점심 값이었다. 같이 내자는 동생을 만류하고 내가 계산했다. 그와 나를 향한 응원과 위로를 담은

무리였다. 떡볶이 집에서 나와 조금 걷다가 플리 마켓을 발견했다. 우리는 기분 전환 겸 잠깐 구경을 하기로 했다. 동생이 일상 한복 부스에서 머뭇거렸다.

"나 진짜 한 벌 갖고 싶었는데."

직원이 동생에게 한번 입어보라고 권유했다. 동생이 간이 탈의실에서 한복으로 갈아입는 동안 혼자서 눈치를 봤다. 어차피 못 살 텐데 직원이 괜한 수고를 하는 것 같아 마음이 편치 않았기 때문이다. 한복을 입고 나온 동생은 아주 멋졌다. 사무실의 추리닝 차림에서는 절대 찾아볼 수 없었던 여유랄지 근사함이 느껴졌다. 동생은 한참이나 거울에서 눈을 떼지 못했다.

"정말 잘 어울린다. 내가 돈 많이 벌면 꼭 한 벌 사줄게."

내 말에 동생이 웃었다. 거울 앞에서 한복을 꼼꼼히 살피던 그가 어딘가로 전화를 걸었다. 몇 번의 신호음 끝에 상대방이 전화를 받았다. 동생이 들뜬 목소리로 말했다.

"아빠! 나 한복 한 벌만 사주면 안 돼? 갖고 싶었는데 돈이 없어. 23만 원. 알겠어. 아빠 카드로 긁는다?"

플리 마켓을 나서는 동생 손에 커다란 쇼핑백이 들렸다. 내 월세와 같은 가격의 한복이 들어 있는 그 쇼핑백을 바라보면서 무슨 생각을 했더라. 부득부득 우겨 떡볶이 값을 낸 좀 전의 나를 부끄러워했던가, 동생한테 설명할 수 없는 배신감을 느꼈던가, 아니면 그냥 걔가 부러웠던가. 버스비를 아끼려고 집까지 걸어가면서 우리가 떡볶이를 먹으며 한 목소리로 공감하고 원망했던 가난에 대해 생각했다. 동생의 가난과 나의 가난은 뭐랄까, 체급이 좀 달랐다. 그런데 우리는 어떻게 같은 표정으로 가난을 말할 수 있었던 걸까.

'지옥고'라는 말이 있다. (반)지하방, 옥탑방, 고시원의 앞 글자를 따서 주거빈곤 가구의 고충을 표현하려 만든 신조어다. 스무 살에 독립한 나는 서른 살에 '지옥고'를 벗어났다. 지금은 하우스 메이트 두 명과 함께 2층 주택의 1층에 세 들어 살고 있다. 고시원에서 반지하로 가던 날과 반지하에서 옥탑으로 옮기던 날처럼 지금의 집으로 이사 오던 날에도 나는 기뻤다. 오래된 주택인지라 흠이야 있었지만 그래도 전에 살던 집에 비하면 부족함이 없었다. 그런데 우리 집의 많은 부분이 놀러온 손님들을 놀라게 했다. 수평이 안 맞는 바닥, 곰팡이 슨 벽이 장마철에 부풀어 오르는 모습, 방을 길게 가로지르는 개미 떼, 마당을 활보하다가 거실까지 들어온 쥐. 사람들은 너무 쉽게 이런 곳에서 어떻게 사느냐고 말했다. 내 눈으로 볼 때는 대수롭지 않은 해프닝에 불과한 일들이 왜 제 3자의 눈에는 '못 살 일'로 보이는 건지 궁금했다.

솔직히 말하자면 나는 요즘의 내 삶이 좋다. 비교 대상이 '과거의 나'이기 때문이다. 그건 사실 과거에도 마찬가지였다. 고시원에 살 때는 독립 전의 내가 비교 대상이었고, 연봉 900만 원을 받을 때는 취업 준비생이던 내가 비교 대상이었다. 이전보다는 확실히 나아진 삶을 피부로 느끼며 안심한다. 다른 사람들이 내 처지의 비교 대상이 되었다면 지금처럼 행복하지 못했을 것이다. 내 생활이 빈곤하다고, 어렵다고, 쉽지 않다고 느낄 때마다 모든 것은 마음먹기 달렸다고, 작은 것에 기뻐하자고, 더 낮은 곳을 보자고. 그런 이야기를 스스로에게 참 많이 하며 살았다.

그럼에도 나는 그런 말을 남들에게 듣는 것이 싫다. 첫 번째는 내가 꼬였기 때문이고, 두 번째는 가난과 동떨어져 있는 사람들만이 그런 말을 편한 얼굴로 할 수 있다고 믿기 때문이다. 가난에 대한 멋지고 그럴듯한 말은 가난했'던' 사람들의 입에서 더 많이 나온다. 현재 가난한 사람들은 살아가는 것이 힘에 부쳐 감히 '가난'을 평가하거나 그것에 대한 깨달음을 남들에게 전할 여유가 없기 때문일 것이다. 일단 가난에서 빠져 나와야지만 더 넓은 시야로 가난을 관조하며 그것에 대해 평할 수 있다. 바다에 빠졌을 땐 바다를 묘사할 여유가 없는 것처럼. 뭍에서 바다를 바라보는 사람만이 바다 앞에 어떤 수식어를 붙일 수 있다.

'절대 가난'과 '절대 부'에 대해 생각해본다. 그것들은 과연 존재하는 것일까. 만약 그렇다면 작은 사치에 행복하다고 웃는 가난한 사람들과, 가난하다고 우는 소리를 하는 부유한 사람들의 아이러니함은 어떻게 설명해야 하는 걸까. 그렇다면 가난은 상대적인가. 그렇다 하기엔 내 앞에 닥친 가난의 아득함과, 이따금 손에 쥔 돈에서 느껴지는 절대적인 힘을 이해하기가 어렵다. 가난에 대해 결론을 내릴 이유도, 의무도 없는 나는 스스로에게 유리하게 설명하는 법을 택했다. 가난은 상대적이고 부는 절대적인 것이라고. 나는 상대적으로 가난한 와중에 지금보다 나아질 미래를 꿈꾸고 종종 찾아오는 좋은 기회와 돈이라는 절대적 부 앞에서 확실한 행복을 느낀다.

평범한 얼굴들

「한국일보 2030 세상보기」 (2020년 3월 28일)

초등학교 저학년 때 아빠가 컴퓨터를 사왔다. 입이 벌어진 채로 컴퓨터가 조립되는 과정을 바라보던 나에게 아빠는 곧 컴퓨터로 숙제를 하는 시대가 올 거라고 말했다. 밀린 일기를 생각하며 믿지 못하는 표정으로 고개를 끄덕였다.

학교에서 돌아오면 컴퓨터를 켰다. 할 줄 아는 게 없었으므로 주로 바탕화면을 드래그해 점선으로 이루어진 사각형을 줄였다 늘였다 하며 놀았다. 흥미가 떨어지면 바탕화면을 멍하니 바라보았다. 몇 분쯤 지나면 화면보호 모드가 실행되었고 끝없이 반복되는 화면보호기를 질릴 만큼 보고 난 후에는 컴퓨터를 껐다.

내가 컴퓨터로 할 줄 아는 것이 단 하나도 없다는 사실을 부모님이 알게 되었을 때 컴퓨터 학원에 다니기 시작했다. 그곳에서 한컴 타자 연습을 배웠고, 어느 정도 타자가 늘었을 때 채팅 사이트에 접속하는 방법을 배웠다. 선생님은 타자 연습을 하기에 채팅만큼 좋은 게 없다고 했다. '별 헤는 밤'을 빠르고 정확하게 치는 것은 지루했지만 사람들과 대화하기 위한 타자는 흥미로웠고 덕분에 내 타이핑 실력은 정말로 늘었다.

어느 날의 채팅에서 동갑 남자애를 만났다. 서로 이름을 소개한 뒤 30분쯤 대화를 나누었을 때, 그 애는 만나서 같이 놀자며 우리 집 주소를 물었다. 나는 순진하게도 집 주소는 물론 전화번호까지 알려주었다. 채팅을 종료한 후에는 하루도 안 지나 그 일을 몽땅 잊었다. 그리고 며칠 후 집으로 전화가 걸려왔다. 웬 성인 남자였다.

"혹시 강이슬 집 맞나요?"

"네 맞아요. 제가 강이슬이에요. 누구세요?"

"아… 우리 채팅에서 만났었는데 혹시 제 아이디 기억하세요?"

며칠 전 채팅을 나누었던 남자애의 아이디였다. 혀끝부터 목구멍 전체가 빳빳하게 경직되는 기분이었다. 내가 아무런 대답도 하지 않자 남자는 잠시 침묵하더니 말을 이어갔다.

"사실 이슬이랑 채팅했던 애가 내 동생인데. 동생이 창피하다고 나더러 대신 만나서 놀아달라고 해서 전화를 했어."

겁이 나서 얼른 전화를 끊었다. 우리 집 주소를 아는 그 남자가 집 밖에서 기다리고 있을까 봐 두려웠다. 그러면서도 어쩌면 남자의 말이 진심일 수도 있겠다고, 그랬다면 상처받았을지도 모르겠다고 걱정했다. 남자의 목소리는 나쁜 아저씨라기에는 너무 평범했기 때문이다.

그 일을 잊기까지 며칠이 걸렸다. 놀이터 벤치에 하염없이 앉아 있는 남자, 엘리베이터를 같이 탄 남자, 마트에서 물건을 고르는 남자, 버스를 기다리는 남자. 마주치는 모든 남성이 평범한 목소리로 전화를 건 그 남자일지도 모른다는 생각에 조마조마한 마음으로 어깨를 움츠렸다. 낮의 불안은 죄책감이 되어 밤을 휘저었다. 모든 것이 내 잘못인 것만 같았다. 내가 멍청해서, 그러지 말 걸, 부모님이 아시면 어떡하지. 그 어린 나이에 잠을 설치는 여러 밤들을 보냈다. 내 잘못이 아니라는 것을 알지 못한 채로.

그때의 나처럼 어린 미성년자들이 텔레그램에서 노예 취급을 받으며 성을 착취당했다. 아이들이 지옥보다 끔찍한 오늘을 산 뒤, 찾아올 아침을 두려워하며 뒤척였을 숱한 밤을 생각하며 가슴 졸였다. 그 시간들을 만든 가해자들의 낮이 궁금했다. 파란 휴대폰 화면을 들여다보며 킬킬댔을 수많은 평범한 얼굴.

N번방 사건을 알게 되었을 때 20년도 더 지난 그날이 불현듯 떠올라 아찔하고 서글펐다. 피해자들이 안심하고 길을 걸을 때까지는 얼마나 더 많은 시간이 필요할까. 나는 아직도 그 남자의 평범한 목소리를 기억한다. 누구에게도 말하지 못하고 전전긍긍했던 시간이 생생하다. 이것은 얼마나 오래도록 공감되어야 하는 공포일까. 왜 하나도 나아지지 않은 걸까. 성범죄 사건을 마주할 때마다 본인의 경험을 떠올리며 생생히 동감하는 여성들의 현재는 슬프고 끔찍하다. 여성들이 성범죄를 본인의 감각과 경험으로 공감하지 않을 날이 오기는 할까.

실패의 당위성

　물을 마시다 사레가 들렸다. 입에 머금었던 물이 요란하게 터져 나오면서 벼락같은 기침도 같이 쏟아졌다. 급하게 삼킨 미지근한 물은 목구멍 안에서 생명력을 얻기라도 했는지 폭력적으로 발을 구르며 머리에 달린 모든 구멍으로 다시 빠져나오려고 야단법석이었다. 숨이 잘 쉬어지지 않아 바닥에 무릎을 꿇고 허리를 들썩이며 괴로워했다. 기침은 오랫동안 이어졌고 기침이 멎은 후에도 한참 동안 깔깔한 심호흡을 해야 했다. 코와 목 안의 점막들이 까맣게 탄 느낌이었다. "죽을 뻔했다." 혼잣말을 하는데 우리 할아버지랑 닮은 목소리가 나왔다. 척척한 입 주변을 손바닥으로 눌러 닦았다. 바닥과 무르팍이 물로 흥건하게 젖어 있었다.

그러니까 나는 그날 아침에 물 마시다가 죽을 뻔했다. 진짜 죽지는 않았으나 도무지 끝날 것 같지 않은 기침을 하던 순간에는 '시발 이러다가 진짜 죽겠는데? 세상에 어쩌지 좆됐구나.'라는 생각을 했다. 엄마 아빠 얼굴이 머릿속을 스쳤던 걸로 보아 나는 어쩌면 진짜로 죽기 직전이었을지도 모른다. 턱 밑으로 늘어진 투명하고 걸쭉한 침을 휴지로 닦으며 어처구니가 없어서 "하!" 하고 짧게 웃었다. 물 마시기는 내가 세상에 태어난 이후 30년 동안 하루도 거르지 않고 해온 일이었다. 다시 말해 일도 아니었다. 일도 아닌 일 때문에 일이 날 뻔했다니. 허무함에 맥이 탁 풀렸다.

유리컵에 물을 따른 뒤 책상 앞에 앉아 노트북을 켰다. 곧바로 실행된 한글 화면에 어제 쓰다 만 글이 있었다. 전날 밤 도저히 진도가 나가지 않아 끙끙 앓다가 관둔 글이었다. 맺지 못한 수필의 말미에 나는 이렇게 적었다.

똥을 써라 똥을 써. 그냥 똥이나 싸라.

그 한 줄을 서둘러 지우며 물도 제대로 못 마시는 인간이 똥은 마음대로 쓰겠냐고 구시렁거렸다. 착잡한 마음으로 새 한글 창의 흰 화면을 노려보며 오늘은 또 어떤 새로운 똥글을 써서 좌절할 것인가 참담해하다가 번뜩, 글이 마음대로 써지지 않는 이유를 깨달았다. 그것은 내가 물도 제대로 못 마시는 인간이기 때문이었다. 자기 비하를 하자는 게 아니라 사실이 그랬다.

모든 인간은 맨날 하는 일, 그래서 일 같지도 않은 일을 하면서도 필연적으로 실패를 한다. 물을 마시다 사레들리고, 걷다가 발목을 접질리고, 매끼 먹는 밥인데도 양 조절을 못해서 때때로 과식을 하고, 매일 씻는데도 샤워기 레버를 한 번에 적정 수온에 맞추질 못한다.

하물며 '진짜' 일에서 어떻게 삑사리가 안 날 수 있을까. 삑사리 나는 게 이상한 일이 아니라 삑사리가 나지 않는 게 엄청난 기적이다. 사는 일은 원래 마음대로 안 되는 게 맞다. 그러므로 일이 생각과 다르게 흘러갈 때마다 필요 이상으로 자신을 닦달하며 들들 볶을 필요가 없는 것이다.

잘 해야만 하는 일이 틀어져서 자신을 괴롭히고 싶은 짓궂은 충동이 들 때면 물을 잘못 마셔 고통스럽게 바닥을 기며 기침하던 내 모습을 떠올린다. 그 기침이 멎은 후에 나는 다만 "하!" 하고 짧게 웃었을 뿐, 물 하나도 제대로 못 마시는 놈이라고 울며불며 자신을 몰아세우지 않았다. 따지고 보면 물을 잘못 마시는 것만큼 바보 같은 경우도 없는데 말이다. 바꿔 생각하면 '진짜' 일을 망치는 건 사레드는 일보다는 덜 바보 같고 더 당연한 일이다.

나는 그날, 내가 쓴 글에 또다시 좌절할까 봐 겁이 났지만 꾹 참고 첫줄을 썼다. 사레들리는 게 무서워 갈증을 참았던 적은 없으니까. 평생 해온 물 마시기를 망친 후에도 곧바로 물을 따르는 나인데, 물 마시는 일보다 훨씬 더 어려운 글쓰기 좀 망쳤다고 기죽을 필요는 없었다. 글을 쓰는 동안 책상에 놓인 물을 신중하게 꿀꺽꿀꺽 삼켰다. 일도 아닌 일에서도 실패를 맛보는 게 인간임을 기억하면서 진짜 일을 했다.

아픔으로 해결하는 아픔

    30대가 되니 체력이 떨어지는 속도가 심상치 않다. 하루만 제대로 못 자도 다음 날 만사가 귀찮아서 아무것도 제때 시작하거나 끝낼 수가 없다. 체력이 달리니 의욕도 없고 자꾸만 게으르고 태만해진다. 29세 12월까지만 해도 없었던 증상이 30세 1월에 갑자기 발현한 걸 보니, '빼도 박도 못하게 30대가 되었구나.' 하는 정신적 스트레스로부터 비롯된 엄살 같긴 하지만, 어쨌든 체력과 정신을 튼튼히 돌볼 필요를 느꼈다.

    운동, 운동을 하자! 땀과 함께 몸에 쌓인 독소와 스트레스를 내보내면 정신과 체력에 이로울 것이 분명했다. 계단에서 넘어져 다리가 부러지는 바람에 관둔 주짓수를 다시 시작할까 고민하다가 바로 접었다. 예전에 다니던 정든 체육관이 이사 오면서 너무 멀어져버렸기 때문이다. 게다가 그 체육관 사범이랑 내 동생 강은혜가 사귀었다가 헤어지는 바람에 애꿎은 나까지 덩달아 머쓱해지고 말았다. 나이 서른이나 먹고 동생의 전 남친과 숨결이 느껴질 만큼 가깝게 붙어 뜨겁게 스파링하는 것은 왠지 좀 철도 없고 뺄도 없게 느껴지는 것이다. 그렇다고 다른 체육관을 다니자니 동생의 전 남친이 '저 누나 내가 자기 동생이랑 헤어져서 체육관을 옮겼나?'라고 마음대로 생각하며 나를 속 좁은 사람으로 오해할 것 같았다. 갑자기 억울해져서 옆에서 밥 먹던 동생에게 화풀이를 했다.

"야, 그러게 내가 사귀지 말랬잖아."

밥 잘 먹고 있던 동생이 이게 웬 아닌 밤중에 홍두깨냐는 표정으로 날 쳐다봤다.

"사귀더라도 헤어지지 말랬잖아. 헤어지더라도 나한테 말하지 말랬잖아!"

인터넷에 '짧고 힘든 운동'을 검색했다. 나는 빠른 시간 안에 온몸이 너덜너덜해지도록 빡센 운동을 좋아한다. 운동을 마친 뒤 엄청난 피로감과 근육통을 만끽하며 '후후 운동 시간은 별로 안 되지롱.'이라는 음습한 생각으로 큰 이득이라도 본 사람처럼 키득키득 웃는 것이 좋기 때문이다. 아무리 생각해도 이런 운동으론 주짓수만 한 게 없었다. 3분 스파링만으로도 숨이 턱까지 차며 손이 달달 떨리는 데다가 두꺼운 도복도 땀에 흠뻑 젖으니까. 그래도 다른 운동을 찾아야 했다. 고민이 생길 때마다 해결하는 척을 잘하는 친구에게 카톡을 보냈다.

　-짧고 빡세면서 재미있는 운동 추천 받음.

바로 답장이 왔다.

　-섹스.
　-나랑 해줄 거?
　-역시 넌 보통 미친 게 아니구나. 필라테스 어때?
　-그거 힘들어?
　-ㅇㅇ, 약간 기구도 고문 기구처럼 생겼잖아. 그리고
　　그거 하면 섹스할 때도 좀 모랄까 유리해져.

나는 호기심이 생겼다. 인터넷에 필라테스 후기를 검색해 보았더니 모두 다 텍스트로 끙끙 앓고 있었다. 과연 만만한 운동이 아닌 것 같았다. 필라테스가 비싼 운동이라는 사실을 익히 들어 알고 있었기 때문에 일단 상담을 받은 후 고민하기로 하고 집에서 제일 가까운 필라테스 센터에 찾아갔다.

상담 직원이 친절하게 맞이했다. 상담사의 미소를 보자 가슴속에서 작은 적대감이 피어올랐다. 오는 내내 '절대 호갱 잡히지 말아야지.'를 끊임없이 다짐하느라 생긴 피해의식이었다. 상담 직원이 마실 것을 내어주겠다고 했다. 마침 갈증이 나던 차였지만 사양했다. 음료를 공짜로 얻어 마시면 자리를 뜨기가 더 어려워질 것 같아서였다. 내가 등록을 하려고 간 건지 아니면 등록을 안 하기 위해 간 건지 점점 헷갈렸다. 상담 직원이 필라테스의 장점을 설명했다. 필라테스를 하면 휘었던 허리가 펴지고 틀어진 골반이 균형을 찾으며 거북이 목이 기린의 것처럼 꼿꼿해진다고 했다. 최대한 당당한 표정과 목소리로 가격을 물었다. 주 2회 수업으로 1회에 2만 원이 조금 넘는 가격이었다. 지금까지 살면서 운동에 이만한 돈을 들여본 적이 없었기에 고민이 되었다. 더 생각해본 뒤 오겠다고 말하며 의자에서 엉덩이를 떼려는데 친절한 상담사가 친절하게 웃으면서 친절한 목소리로 말했다.

"당일 등록하시면 20프로 할인해드려요. 고객님은 특별히 5만 원 상당의 운동복도 제가 몰래 챙겨드릴게요."

집으로 가는 내 손에는 특별히 몰래 받은 운동복이 들려 있었다. 앞으로 감당해야 할 카드 값에 한숨이 나왔지만 수업 1회에 치킨 한 마리 값이라고 생각하니 마음이 조금 편해졌다. 나는 이제 고기를 안 먹으니까 치킨 값이 굳었고, 굳은 돈을 건강에 투자한 것이다.

하하! 현명한 30대. 나는 내 머리를 쓰다듬었다.

다음 날, 사은품으로 받은 운동복을 입고 센터에 갔더니 모두가 나와 똑같은 운동복을 입고 있었다. 젠장.

나는 운동 첫날 조금 울었다. 아프고 힘들어서 운 게 아니라 서럽고 쪽팔려서 울었다. 팔과 다리를 허공에 쭉 뻗은 V자로 앉아 다리를 개구리처럼 접었다 폈다 하는 운동을 했는데 몸이 마음처럼 움직이지 않았다. 선생님이 보기에도 내가 엉망으로 움직이고 있었는지 바란 적 없는 집중 코칭을 하기 시작했다.

"횐님 어깨 내리세요, 갈비뼈 닫으세요, 정수리 뽑으시고, 어깨 어깨! 갈비뼈 갈비뼈! 발 쭉 펴세요. 더 들어야죠!"

그의 어조가 강해질수록 머릿속이 하얘졌다. 누가 눈앞에서 이렇게 강압적으로 다그친 적이 오랜만이어서 몸에 힘이 빠졌다. 자연히 자세는 더욱 엉망이 되었다. 삐거덕대는 내 몸이 나도 당황스럽고 서러워서 눈물이 살짝 고였다. 무엇보다 그의 말을 당최 하나도 이해할 수 없었다. 어깨를 내리라니! 갈비뼈를 닫으라니! 정수리를 뽑으라니??!

나는 결국 말했다.

"정수리를 어떻게 뽑아요…?"

선생님이 푸후- 하고 바람 빠지는 소리를 내며 웃었다. 운동하던 다른 회원들도 웃었다.

나는 웃는 척 고인 눈물을 닦았다.

필라테스는 짧은 시간 내에 끝내는 폭발적인 운동은 아니지만 천천히 온몸과 마음을 구석구석 조져놓는 운동이었다. 집으로 돌아가는 동안 몇 개의 얼굴이 떠올랐다. 지나치게 자신만만해서 세상이 쉬운 사람들이었다. 그들이 꼭 필라테스를 배웠으면 좋겠다고 생각했다. 그날, 세상이 그동안 나를 봐주고 있었다는 사실을 깨달았다. 내 몸 하나 제대로 조종하지 못하는 놈이 여태껏 살아 숨 쉬고, 일하고, 관계 맺는 이유가 세상의 배려 덕분이 아니라면 다 뭐란 말인가. 필라테스를 하면 섹스에 유리해진다는 친구의 말이 떠올랐다. 그때는 필라테스를 통해 발달된 근력과 유연성이 섹스에 도움을 준다는 뜻으로 알아들었는데 아닌 것 같았다. 필라테스를 하면 세상 앞에 겸손해진다. 그리고 겸손한 사람은 세상을 진심으로 살기 마련이다. 자연히 섹스 앞에서도 무지하게 진심일 것이다. 진심은 대부분의 경우 그렇지 않은 마음보다 유리한 위치에 놓인다.

집으로 돌아와 특별히 몰래 받았지만 사실은 하나도 안 특별하고 안 비밀스러운 레깅스를 벗었다. 땀에 젖은 쫄쫄이가 피부에 착 붙어 잘 내려가지 않아서 돌돌돌돌 말아 발목 쪽으로 밀어내야 했다. 쫄쫄이를 벗자 허벅지와 종아리가 땡땡하게 부푸는 느낌이었다. 내 몸에 있는 줄도 몰랐던 근육들이 고통으로써 자신들의 존재감을 드러냈다. 나는 죽는 소리를 하며 그동안 모르고 살아온 근육들에게 잘못을 빌었다. 팬티 바람으로 욕실 앞에 주저앉아 스스로에게 철학적 질문을 던졌다. 서른 살. 내 몸도 낯선데 나는 감히 무엇을 안다고 말할 수 있을까.

너무 아파서 몸에 비누칠하기도 쉽지 않았다. 필라테스 강사의 말이 떠올랐다.

"운동이 오랜만이라고 하셨죠? 오늘 많이 아프실 거예요. 그런데 내일은 훨씬 더 아파요."

절뚝거리며 간신히 신발을 신는 나에게 강사는 덧붙였다.

"훤님 그래도 꾸준히 하세요. 훤님이 아픈 건 그동안 몸이 아팠기 때문이에요. 건강한 사람은 아무리 운동을 해도 지금처럼 아프지 않아요."

김 서린 욕실 거울을 닦았다. 거울에 비친 지친 내 얼굴이 슬퍼 보였다. 아파야만 해결할 수 있는 아픔을 위해 나는 앞으로 몇 번이나 더 이 얼굴을 봐야 할까. 그래도 아프지 않으려고 용을 써서 아픈 내가 기특했다.

해방과 억압이 포개진 하루

「한국일보 2030 세상보기」(2020년 8월 14일)

큰 개가 산 채로 토치에 그을려지고 있었다. 사람들의 떠드는 소리와 개의 비명 소리로 동네가 시끄러웠다. 높이 들린 몽둥이에 머리를 맞은 개가 바닥에 고꾸라졌다. 개를 잡던 남자들이 거친 숨을 몰아쉬며 허리를 펴고 땀을 닦았다. 긴장감에 팽팽했던 공기가 느슨해진 사이, 죽은 줄 알았던 큰 개가 비치적거리며 몸을 일으켰다. 개는 이내 무거운 쇠줄을 질질 끌면서 그을리고 부서진 몸으로 비틀대나마 죽을힘을 다해 달리기 시작했다. 구경꾼들이 비명을 지르며 개를 피해 흩어졌다. 혼비백산한 틈에 개의 주인이 뛰쳐나와 이름을 불렀다. 큰 개가 멈추어 주인을 바라보자 남자는 쪼그려 앉아 다정한 목소리로 개를 달랬다.

"쭈쭈쭈쭛 괜찮아. 이리 와."

큰 개는 가랑이 사이로 바짝 말았던 꼬리를 낮게 세워 흔들며 주인에게 다가가더니 천천히 배를 까고 누웠다. 주인이 옳지 착하다 하며 쓰다듬는 척 개목에 메인 쇠줄을 낚아챘다. 개를 향한 토치질과 몽둥이질이 다시 시작되었다. 소름끼치는 소음 사이로 주인의 목소리가 들렸다.

"하여튼 쟈는 멍청하당게."

나는 멍청한 개가 불쌍해서 큰 소리로 울었다. 우는 나에게 누군가 말했다.

"저걸 먹어야 건강해진 몸으로 이 여름을 무탈하게 잘 날 수 있는 거여."

이것은 복날이 되면 생생해지는 아주 어릴 적 시골에서 본 개 잡는 장면이다. 이번 말복에도 어김없이 떠오른 기억에 나는 인간으로서 아주 미안하고 무색하고 죄스럽다.

올해의 복날은 특별하다. 더 이상 육식을 하지 않기 때문이다. 동물성 재료 대신 제철 채소로 맛있고 정성스러운 음식을 차려 먹는다. 오늘은 면역력 증진에 좋은 여름 가지 요리로 보신을 할 것이다. 그것을 먹고 이 여름을 무탈하게 잘 나 볼 것이다.

채식의 삶은 저녁으로 제육볶음을 먹은 어느 날 시작되었다. 나른한 기분으로 반려견의 따뜻한 배를 도닥여주던 중, 방금 전 먹은 '고기' 또한 한때 살아 숨 쉬던 동물이라는 사실을 불현듯 깨달았다. 즐겨 먹던 음식에 '동물'을 붙여 불러보았다. 동물 탕, 동물 구이, 동물 숙회, 동물 무침. 끔찍하고 경악스러웠다. 그러나 그것이 그동안 내가 먹어왔던 것들의 진실이었다. 동물을 아끼고 사랑하는 사람이라고 자신했던 나는 '삼겹살은 사랑이다.', '치느님', '발골' 등의 오싹한 농담을 잘도 하며 죄책감 없이 동물을 먹는 사람이기도 했다. 나의 모순을 직시하자 슬프고 부끄러웠다. 그날부터 동물이 들어간 음식을 먹지 않는다.

오늘은 광복절이다. 그리고 말복이다. 빛을 되찾은 해방의 기쁨과 암흑에서 해방되지 못한 존재들의 죽음이 한 날짜에 포개져 있다. 비대해진 몸의 무게를 이기지 못하고 다리뼈가 부러진 닭들과 답답한 철장을 이가 바수어지도록 씹었던 돼지들과 인간에 의해 새끼와 생이별을 당했던 소들, 동족의 비명을 들으며 공포에 떨던 개들이 죽을 것이다. 지옥 같은 삶을 살던 동물들은 죽어서 인간의 밥상에 오를 것이다. 가슴이 내려앉는다.

'고기' 없는 식탁이 더 특별해진 요즘. 복날 하루만이라도 육식을 하지 않는 것은 어떨까. 되찾은 빛을 기념하는 뜻깊은 날. 다른 생명의 빛을 꺼뜨리는 일에 동참하지 않는다면, 자유를 억압하는 일에 숟가락을 얹지 않는다면 우리의 하루는 훨씬 멋지게 빛날 것이다.

베이비 드로잉

그림을 잘 그리는 사람을 동경한다. 내게는 없는 재주를 가졌기 때문이다. 머릿속에 있는 세상을 손끝으로 재현하는 삶은 어떤 것일지 오랫동안 궁금했다. 그 삶을 나도 좀 살아 보고 싶어서 쏜의 동생 록에게 그림을 알려달라고 부탁했다.

봄에서 여름으로 넘어가는 환절기의 주말마다 용다방에서 록을 만나 그림을 그렸다. 엉터리 그림 실력을 열심히 강조한 덕에 록의 커리큘럼은 심플했다. 우리는 테이블 위에 스케치북을 펴고 나란히 앉았다. 록의 필름 카메라를 그리는 것으로 첫 번째 수업이 시작되었다. 하나의 규칙이 주어졌다. 그림을 그리는 동안 카메라에서 절대로 눈을 떼지 않는 것이었다.

"스케치북을 쳐다보면 안 돼요?"

"네. 카메라의 윤곽선과 디테일을 꼼꼼하게 관찰하세요. 눈동자로 스캔한 정보를 손끝으로 도화지에 옮기는 거예요."

카메라에 시선을 고정한 채 도화지에 그림을 그리는 것은 눈을 감고 코끼리 코를 열 바퀴쯤 도는 것과 같았다. 내 손이 어디로 가고 있을지 도화지에 옮겨질 카메라는 어떤 모양일지 감도 안 왔다. 먼저 그림을 마무리한 록이 내 도화지를 바라보는 모습이 곁눈질로 보였다.

"엉망진창이죠?"

내가 민망해하며 물었더니 록은 아주 멋진 그림이 완성되는 중이라고, 보면 분명 놀랄 거라고 대답했다.

완성된 그림은 카메라라고 할 수 없는 어떤 것이었다. 지나가는 사람들에게 이 그림이 무엇인지 맞혀보라고 퀴즈를 내면 단 한 명도 정답을 맞힐 수 없을 것 같았다. 그런데도 록의 말처럼 아주 멋져 보였다. 아무렇게나 엉켜 있는 굵거나 얇은 선들을 자세히 바라보면 카메라의 실마리를 발견할 수 있었다. 동그라미가 여러 번 덧대어진 부분은 카메라의 렌즈를 그린 것이었고 반듯하게 쭉 뻗은 직선은 카메라의 외곽을 따라 그린 것이었다.

록은 이렇게 그리는 방법을 베이비 드로잉이라고 했다. 아이처럼 그리는 것. 커다란 스케치북에 크레파스로 아무렇게나 죽죽 그어놓은 선을 강아지라고, 엄마라고, 우리 집이라고 소개하는 아이들의 모습이 떠올랐다. 어른들은 볼 수 없는 복잡함이 아이들의 심오한 선에는 다 담겨 있는 것이었다. 얼마 전 상가 화장실에서 그런 그림을 그릴 법한 어린 아이를 마주쳤다. 엄마와 함께 화장실 칸에 들어간 아이는 응-아 응-아 하면서 힘주는 소리를 냈다. 엄마도 아이를 따라 함께 응-아 응-아 했다. 모녀의 구호가 너무 애달프고 우아하게 들려서 나는 한참동안 세면대 앞에서 괜히 머리를 매만졌다. 변기 앞의 모녀는 서로에게 아무것도 부끄러울 게 없는, 숨길 것도 없는, 비밀이 없는 사이일 것이다. 서로가 서로에게 그런 존재라는 것은 몹시 신성한 일 같았다.

그림을 그리는 동안 그 모녀가 하나의 그림을 바라보는 상상을 했다. 그 엄마는 딸이 스케치북 위에 죽죽 그은 선을 이해할 수 있을까. 왠지 그럴 것 같았다. 혹여 이해하지 못하더라도 아이는 크레파스 묻은 손으로 어지러운 선들을 짚으며 여기는 동물의 눈이고 여기는 동물의 발이고 여기는 꼬리라고 잘 설명해줄 것이다. 그러면 엄마는 응 그렇구나 대답할 것이다.

　머릿속에 있는 세상을 손끝으로 재현하는 삶의 필수 조건은 손재주가 아닐지도 몰랐다. 나를, 그래서 내 세상을 사랑하여 알고 싶어 하는 사람이 있다면 선 하나만으로도 온 세상을 표현할 수 있었다.

마음으로 그린 그림

두 번째 수업 날. 우리는 그림을 그리기 전에 담배를 피우며 쏜 얘기를 했다. 록은 어릴 적 쏜과 함께 그림을 그리며 많은 시간을 보냈다고 했다. 그때는 록보다 쏜의 그림 실력이 훨씬 더 좋았다. 록은 형처럼 잘 그리고 싶어서 주변의 모든 것, 나무와 하늘과 자동차와 장난감 들을 열심히 도화지에 담았다. 마침내 쏜보다 잘 그리게 되었지만 록은 만족스럽지 않았다. 갈증을 채우는 방법은 더 많이 그리는 것뿐이었다. 쌓이는 도화지와 닳는 마커 펜은 록을 잘 그리는 사람으로 만들어 주었다.

"누나도 자주 그리다 보면 어느 순간 잘하게 될 거예요."

록이 말하는 '어느 순간'이 과연 내게도 올지 궁금했다. 그게 언제가 될지 알려면 그때까지 그려보는 수밖에 없었다.

"내가 정말 그림을 잘 그리게 될까요?"

내 질문에 록이 어떤 그림을 그리고 싶으냐고 물었다. 나는 내 마음을 그림으로 표현할 줄 아는 사람이고 싶다고 대답했다. 긴 글보다 가슴에 와닿는 간단한 그림을 볼 때면 내가 가지지 못한 재능이 몹시 간절해진다. 록은 분명 그런 날이 올 거라고 말했다.

우리는 록의 물병을 앞에 두고 나란히 앉았다. 그것을 최대한 똑같이 그리는 것이 그날 나에게 주어진 과제였다. 똑같이 그린다는 것은 생각보다 깊은 관찰력을 필요로 함과 동시에 가지고 있는 편견을 지우는 일이라고 록은 말했다. 그 말을 명심하며 천천히 물병을 그렸다. 물병의 동그란 주둥이와 그 아래로 이어지는 병목, 병목을 지나 부드럽게 넓어지는 몸통, 중간쯤에 얕게 파인 홈들, 아래쪽에 붙어 있는 스티커 몇 개. 명암이나 그림자 없이 형태만 따라 그리는데도 10분이나 걸렸다. 완성한 그림을 록이 골똘하게 바라보았다. 별 볼일 없는 그림을 그렇게까지 집중해서 분석해주는 록의 성의가 부담스럽고도 좋았다. 록은 그림 곳곳에서 여러 가지 편견들을 찾아냈다.

"텀블러 주둥이는 동그랗지만 누나의 눈높이에서 볼 땐 동그랗지 않아요. 이렇게 더 얇고 뾰족한 타원형이죠."

내가 그린 동그라미를 얇은 타원형으로 깎아내며 록이 말했다.

"스티커는 원래 반듯하지만 원기둥에 붙어 있는 스티커의 테두리는 반듯할 수 없어요. 보세요, 여기 아주 약간 휘어져 있죠?"

록은 한참 설명을 이어가다가 그림 초보를 격려할 요량으로 말했다.

"근데 누나 피카소도 이렇게 그려요."

피카소라니! 굉장한 격려에 내가 막 웃었다.

록은 그림을 그릴 때 이런 편견들을 주의해야 한다고 했다. 살면서 체득한 정보들이 그림 앞에서는 편견이 된다. 피카소가 아닌 나는 동그란 것을 동그랗지 않다고, 반듯한 것을 반듯하지 않다고 받아들이는 연습이 더 필요했다. 록은 이런 편견들에 휘둘리지 않기 위해서는 더 자세히, 더 오래 보아야 한다고 말했다. 눈에 보이는 대로 그린다면 하지 않을 실수들을, 마음으로 그리기 때문에 하게 되는 거라고 했다. 록이 '마음대로'라고 표현하는 대신 '마음으로'라고 말해줘서 고마웠다.

스케치북의 다음 장에 다시 한 번 텀블러를 그렸다. 마음으로 그리지 않으려고 더 유심히 보았다. 미묘한 차이였지만 처음보다 확실히 안정적인 그림이 그려졌다. 물병 하나 그리는 데만 해도 수 개의 편견을 발견했는데 살면서 자각하지 못했던 편견의 순간들은 얼마나 더 많을지 가늠하기 두려웠다. 무엇이든 더 유심히 바라보는 사람이고 싶었다. 때로는 마음의 눈을 감고 보이는 것을 믿는 것이 더 안정적일 수 있다는 사실을 그림을 그리며 알았다.

짐작하는 셀럽의 삶

　얼마 전 컴퓨터의 메인보드가 고장 났다. 그 바람에 몇 년 동안 모아온 가수와 영화배우와 전문가 들의 방대한 자료가 모두 사라졌다. 너무 오래전의 자료라 더 이상 쓸모가 없어진 파일들이었는데도 몹시 허무하고 속이 상했다. 이따금 펼쳐 보며 기특한 과거를 뿌듯해하곤 했기 때문이다. 어린 시절에 받은 상장을 잃어버린 기분이었다.

　방송국에 갓 들어갔을 때부터 막내를 벗어날 때까지 나에게 주어진 가장 중요한 임무는 출연자 자료 조사였다. 한 사람의 게스트를 위해 적게는 A4 용지 50장, 많게는 100장이 넘는 자료를 모아야 했다. 내가 모은 자료의 5퍼센트만이 대

본에 실려 방송되었다. 5퍼센트의 쓸모를 위해 95퍼센트의 헛수고를 한다는 생각을 버릴 수 없었지만 그래도 그것이 나의 일이었다. 선배들이 퇴근한 휑한 사무실에 새벽까지 혼자 남아서 연예인의 뒷조사를 하고 있을 때면 첩보원이 된 것만 같았다. 아니, 사실은 그 일이 너무 따분하고 지루해서 첩보원이 된 심경으로 일을 했다. 며칠에 걸친 자료 조사를 마치고 나면 평소에는 관심 없던 연예인일지언정 그에 대해 모르고 싶은 일까지도 어쩔 수 없이 알게 되기 마련이었다.

연예인의 사돈의 팔촌의 친구들 정보까지 이 잡듯 뒤질 때면 때로 미안했다. 당사자의 허락을 구하지 않고 이렇게까지 뒤를 캐는 게 불법이 아니라는 점이 이상했다. 그가 더 이상 기억하고 싶지 않아 할 법한 각종 사고와 논란들이 인터넷 세상에서는 바로 오늘 일어난 사건인 양 조금도 바래지지 않고 고스란했다. 그중에서 그의 울적한 가족사 같은 걸 발견할 때면 스스로가 지독한 악질처럼 느껴졌다. 내가 모은 자료 중 딱 그 부분이 선배 눈에 띌까 봐 걱정이었다. 만약 슬픈 음악을 배경으로 그것에 대해 또다시 힘겹게 말하는 연예인의 모습이 전파를 탄다면 그것은 내 탓 아닌 내 탓이니까. 셀럽의 삶이란 화려하고도 수치스러운 것이라고 생각하면서도 나는 솔직히 그들을 좀 부러워했다. 가만히 있으려고 해도 절로 들썩여지는 그 삶의 한 부분을 아주 약간만 떼어와 내 조용한 삶에 몰래 칠하고 싶었다. 내가 며칠 동안 뒤를 캤던 사람을 촬영장에서 만날 때면 희한한 기분이 들었다. 당신을 아주 잘 알고 있다는 비밀스러운 과신, 당신을 지나치게 많이 알아버린 것에 대한 죄책감. 그런 것들을 막내 특유의 어리바리한 표정 뒤에 열심히 숨겼다.

이제는 자료 조사에서 손을 뗀 지 오래라 왕년의 집념과 실력이 많이 녹슬었지만 오랜 기간 했던 서치의 감각은 굳은 살처럼 손끝에 남아 있다. 그 희미한 능력을 가끔은 나를 검색하는 데 쓴다. 인터넷 창에 '안 느끼한 산문집'이나 '강이슬 작가'를 검색해보는 것이다. 그것들을 타이핑할 때마다 이게 웬 자의식 과잉이며 나르시시즘적인 태도인가 싶어 스스로도 부끄럽지만, 잠깐만 견디면 놀랍게도 내 책을 읽은 사람들의 감상평을 발견할 수 있다. 어떤 후기는 따뜻하고 어떤 것은 매섭지만 어느 쪽이든 달콤하다. 얼굴도 모르는 사람이 돈을 써서 내 책을 사고 시간을 들여 호평이든 악평이든 했다는 것이 나로서는 그저 신기한 일이기 때문이다. 맨날 남의 이야기만 검색하던 인터넷에서 내 이야기를 찾을 수 있다는 사실이 아직까지도 비현실적으로 느껴진다.

다방면에 관심이 많아 하루 종일 웹 세상을 유영하는 나의 친구 K는 나보다 더 자주 내 이름을 인터넷에 검색해보는 것 같다. 물론 검색 의도의 8할은 나를 놀리기 위함일 것이다. 그는 자신이 발견한 내 책의 후기 링크를 보내주면서 나를 놀려먹는다. '아이고~ 최고의 셀럽 강이슬 작가님 간밤 평안하셨습니까. 오늘의 소식 전해드립니다요.' 하는 식이다. 그러면 나는 앞으로 이런 자질구레한 건 나한테 직접 연락하지 말고 매니저랑 연락하라고 맞받아친다. K의 놀림이 하나도 부담스럽지 않다. 나라도 K에 대한 남들의 포스팅을 단 하나라도 찾게 된다면 그를 셀럽이라고 앞뒤 없이 치켜세우며 놀릴 것이다. 셀럽이 아닌 사람들끼리만 서로를 셀럽으로 대우해주는 장난을 칠 수 있다. 하나도 재수 없지 않기 때문이다.

그런데 셀럽의 삶이란 정말 뭘까. 서당개 3년이면 풍월을 읊는다는데, 나는 7년이나 셀럽의 삶을 어깨너머로 봐왔음에도 그게 정확히 어떤 건지 아직도 잘 모르겠다. 그래도 그들이 자의든 타의든 자신의 모습을 샅샅이 드러내는 대가로 아주 많은 돈을 번다는 사실은 안다. TV에 나와 화려함 뒤에 감추어진 압박감과 피로를 토로하는 셀럽들이 꽤 많지만 그럼에도 나는 할 수만 있다면 유명해져서 돈을 많이 벌길 욕망한다. 돈이 없어서 많은 것을 포기하는 것보단 부유한 셀럽으로서 많은 것을 포기해야 하는 쪽이 더 수월할 것 같기 때문이다. 물론 후자의 삶은 살아보지 않았으므로 함부로 짐작해볼 뿐이다. 무엇보다 잘나가는 사람들 뒤에 감추어진 모습을 걱정할 여유가 현재의 나에겐 없다. 나도 화려한 삶 뒤에서 몰래 눈물을 닦아보고 싶다. 화장실 휴지로 눈물을 훔치는 삶보다는 에르메스 손수건으로 얼굴을 닦는 삶이 어쨌든 더 멋지지 않은가.

편이질량보존의 법칙

　보조 배터리를 샀다. 휴대폰, 무선 이어폰, 전자담배, 이북 등 늘 가지고 다니는 소지품들이 죄다 충전을 필요로 하기 때문이다. 주변에서 가장 많이 추천한 샤오미 보조 배터리를 구입했다. 하루 만에 배송이 와서 설레는 마음으로 포장 박스를 개봉했더니 흰색 벽돌이 들어 있었다. 나는 잠시 의아했다. '보조 배터리'가 이것으로 충전할 모든 것을 합친 것보다 더 무거워서였다. 이 커다란 것의 이름에 과연 '보조'를 붙여도 되는 걸까. 이쯤 되면 '메인 배터리'로 이름을 바꾸는 것이 더 맞지 않나.

　집을 나서기 전, 가방에 무선 이어폰과 전자담배, 이북을 넣은 뒤 마지막으로 보조배터리를 챙겼다. 마음은 든든했으나 어깨가 묵직했다. 아무 때고 충전할 수 있어 조금 편해졌지만 그만큼 더 감당해야 하는 무게 때문에 약간 불편해진 것이다. 이걸 '편이질량보존의 법칙'이라고 해야 하나.

흠, 편이질량보존의 법칙이라.

누군들 안 그러겠느냐만 나는 편한 게 참 좋다. 그래서 모임에 나갈 때는 편한 옷을 입고 출근할 때는 더 편한 옷을 입는다. 옷장에 치마가 없다. 제 아무리 활동성 좋은 치마라도 바닥에 앉을 때는 불편하기 때문이다. 내가 가진 바지들은 죄다 길고 품이 넉넉해서 양반다리는 물론, 춤을 추거나 다리 찢기 및 발차기를 자유롭게 할 수 있다.

고등학생 때부터 숏컷과 단발, 심한 뽀글 파마머리를 번갈아가며 유지하고 있다. 모두 드라이나 고데기 등의 특별한 손질을 요하지 않는 간편한 스타일이다. 5년째 염색을 한 번도 하지 않았다. 뿌리 염색을 하러 한 달에 한 번씩 미용실에 가는 일이 너무 번거롭게 느껴져서 5년 전 머리 전체를 검정색으로 염색했다. 화장 역시 굉장히 불편하고 귀찮은 일이다. 중요한 자리가 아닌 이상 로션만 바르고 나간다. 나에겐 선크림을 바르는 일조차도 화장에 속한다. 화장하는 법도 잘 모르고, 딱히 알고 싶지도 않다. 나는 내 피부 타입이 뭔지 아직도 모르겠다. 웜톤이고 쿨톤이고 그런 것도 모르겠다. 때문에 내가 가진 얼마 안 되는 화장품 중 직접 산 것은 아주 드물다. 거의 다 남에게 선물 받거나 함께 사는 박과 동생이 오랫동안 쓰지 않는 것들을 까마귀처럼 훔쳐다 모은 것이다.

가끔은 이런 스스로가 좀 불만스럽다. 나에게도 멋져 보이고 싶은 욕망이 있기 때문이다. 그런데 그런 욕망은 어떤 식으로든지 불편함을 대가로 치러야지만 이룰 수 있다. 다른 곳에서 지출을 아껴야 하는 불편, 시간을 들여야 하는 불편, 몸가짐을 자유로이 할 수 없는 불편. 그런 것들을 조금씩만 감수한다면 지금보다 훨씬 더 멋진 사람이 되어 삶의 만족도가 높아질지도 모를 일이다. 그러나 안타깝게도 나는 그런 불편들이 너무 불편해서 불편할 엄두가 나지 않는다.

그런데 편이질량보존의 법칙이란 게 정말로 존재하는 것일까. 편안함으로 단단히 무장한 나의 생활에 금이 갔다. 비건 지향 생활을 하고 있기 때문이다. 의생활이 편한 만큼 식생활은 불편하다.

회사에서 하는 식사가 불편하다. 회사 근처 식당에서 판매하는 메뉴 중 동물성 재료가 들어가지 않는 것은 드물어서 동료들과 함께 밥을 먹으면 맹물에 공깃밥을 말아먹어야 할 확률이 높다. 그래서 동료들과 함께 식사를 하러 나가는 대신 혼자 사무실에 남아 내가 싸온 도시락을 먹는다. 그 도시락을 싸기 위해선 두 시간 정도 일찍 일어나야 한다. 집 근처 시장에 가기 위함이다. 그곳에선 싱싱한 제철 채소를 저렴한 가격에 구매할 수 있다. 시장에서 사온 채소들을 씻고 썰고 볶고 삶아 도시락을 싼다. 가방 안에서 반찬 냄새가 스며 나올까 걱정하며 버스에 오른다. 가끔은 너무 피곤해서 조미김에 쌀밥만 챙겨 집을 나서기도 하는데, 그럴 때면 편의점에서 김밥과 컵라면으로 간단하게 끼니를 때울 수 없음이 못내 아쉽다.

지인들과 약속을 잡을 때도 불편하다. '밥 한 번 먹자.'라는 인사치레가 이전만큼 가볍게 느껴지지 않는다. 일단 비건이 가능한 식당을 찾는 것 자체가 일이다. 없는 게 없다는 별천지 서울 바닥에서 순수 채식 메뉴가 있는 식당을 찾는 것이 이렇게까지 어려울 일인가 싶어 매번 놀란다. 약속 장소 근처에 있는 비건 가능 식당을 도저히 찾을 수 없을 때면 비건이 가능할 것 같아 '보이는' 식당에 간다. 그러면 필연적으로 까

탈을 부리게 되는데 나는 정말이지 그 과정이 끔찍하게 불편하고 민망하다. 기분 좋게 만난 자리에서 반가움과 인사는 잠시 제쳐둔 뒤 바쁜 식당 아주머니를 붙잡고 늘어진다. '이 반찬에는 젓갈이 들어갔나요?', '고명에 계란이 올라간다면 빼주시겠어요?', '고기, 생선, 우유, 버터 등 모든 동물성 재료가 들어가지 않는 메뉴가 있나요?', '된장찌개는 육수 말고 맹물에 끓여주실 수 있나요?'

그럴 때마다 '진상에게 제대로 걸렸구나.' 싶은 아주머니의 눈빛과 지인들의 멋쩍은 표정을 뻔뻔하게 모른 체해야 한다. 식사를 시작하기도 전에 더워서 이마와 겨드랑이가 땀에 젖는다.

오랜만에 만나는 사람들에게 이제 더 이상 고기를 먹지 않는다고 말하는 순간도 가능하면 피하고 싶다. 별로 친하지 않은 사람이라면 그냥 한약을 먹느라 고기 및 해산물을 먹지 못한다고 거짓말을 한다. 물론 처음부터 그랬던 건 아니다. 초반에는 누군가 왜 채식을 시작했느냐고 물어볼 때마다 눈동자를 빛내며 동물권과 환경문제와 건강과 사랑과 연결에 대해서 성심과 성의로 대답했었다. 그런데 '으, 나는 절대로 안 할래. 풀만 먹고 못 살아.'라든지, '돼지는 불쌍하면서 식물은 안 불쌍해?'라든지, '너 하나 바꾼다고 세상이 변하겠니?'라든지, '웃기시네, 얼마나 가나 보자.'라든지, 아무튼 그런 류의 반응에 여러 번 김이 샜더니 이제는 에너지를 낭비하지 않을 요령이 생긴 것이다. 한방은 수많은 의문과 질문과 비꼼을 그야말로 '한 방'에 해결해준다. 한방 만세!

타인의 다정과 친절을 거절해야 할 일도 많아졌다. 친구가 난생처음으로 직접 구워봤다는 마카롱을 먹을 수 없고 생일 선물로 받은 치킨 기프티콘을 사용할 수 없으며 단골 카페에서 서비스로 내어주는 디저트를 죄송한 얼굴로 물려야 한다.

이 밖에도 친구들과 캠핑을 가면 내가 먹을 음식을 한 짐 따로 챙겨야 하고 여러 사람과 함께 하는 술자리에서 내 몫의 감자튀김을 주문하면서 눈치를 봐야 하며 가족 행사에서 어르신들의 혀 차는 소리와 고기 안 먹어서 죽었다는 사람 얘기를 들으며 입 앞으로 들이밀어지는 고기쌈을 거절해야 한다.

확실히 비건은 불편하다. 그럼에도 나는 불편한 비건으로 살고 싶다. 어쨌거나 죽을 만큼 불편한 건 아니기 때문이다. 매일 아침 'I'm vegan'이라는 앱을 확인한다. 비건으로 살면서 내가 몇 마리의 동물을 구했는지, 몇 리터의 물을 아꼈으며 몇 평의 숲을 지켰는지를 확인할 수 있다. 앱에 따르면 나는 오늘까지 300여 마리의 동물을 지켰다. 채식을 시작하지 않았더라면 300여 마리의 동물을 해쳤을 거라는 뜻이기도 하다. 이 생각을 하면 두렵고 아찔하다.

동물에게 위해를 가하기 너무 쉬운 세상에 살고 있다. 더울 때 아이스크림을 먹고 특별한 날 분위기 좋은 레스토랑에서 스테이크를 주문하고 출출한 야밤에 라면을 끓이고 주말 저녁에 치맥 좀 했을 뿐인데 그런 나의 소소한 만족감 때문에 인간 아닌 존재들이 비극을 겪는다.

형통, 해피, 소망, 강짱, 호랑.

내가 사랑하는 반려동물들의 이름이다. 팔을 벌리면 다가와 품에 안기고 저지레*를 해서 혼을 내면 눈을 흘기며 토라진다. 내가 맛있는 음식을 먹을 때면 침을 흘리며 가여운 표정을 짓고 식구들이 늦는 날이면 현관 앞에서 배를 깔고 기다린다. 슬퍼서 울면 당황한 표정으로 얼굴을 핥고 기뻐하면 덩달아 신이 나서 팔짝팔짝 뛰며 즐거워한다.

이런 애들의 모습은 마치 사람 같다. 그런데 사실 사람 같다는 말은 이상하다. 이들은 그저 동물다운 것인데 말이다. 동물도 느끼는 존재라는 것을 망각하고 살기 때문에 지극히 동물스러운 행동을 사람 같다고 마음대로 생각하는 것이다. 동물도 느낀다. 기쁨이나 행복은 물론이고 아픔도 슬픔도 절망감도 분명하게 느낀다.

비건의 번거로움과 불편함을 마주할 때마다 세상을 둘러싼 편이질량보존의 법칙을 생각한다.

편함이 있다면 분명히 존재할 불편을 기억한다. 나의 편함으로 동물들이 느낄 절망과 슬픔을 떠올리면 내 눈앞의 불편이 기꺼워진다. 기꺼이 계속해서 불편하고 싶어진다.

* 일이나 물건에 문제가 생기게 만들어 그르치는 일.

최소의 맥시멈

노량진에서 팔팔 끓는 찌개를 촬영 중이었다. 찌개류를 촬영할 때 가장 신경 써야 할 요소는 '국물 방울'이다. 보글보글 끓는 국물이 너무 높게 치솟으면 주재료가 가려져 지금 화면 속에서 어떤 찌개가 끓고 있는지 알 수가 없다. 반대로 국물이 얄팍하게 끓으면 맛도 멋도 없어 보인다. 국물방울은 적당한 높이와 크기와 박자로 끓어야 한다. 그런데 적당한 국물방울을 만드는 적당한 불 조절이 생각보다 쉽지 않다. 카메라를 통해 보는 찌개의 세상은 직접 눈으로 보는 것보다 훨씬 더 극적이며 적나라하기 때문이다. 꼭 적절한 목욕물 온도를 조절할 때처럼, 촉각을 곤두세우고 호흡을 조절하며 가스레인지 점화 노브를 만져야 하는 것이다. 카메라 흔들릴세라 눈도 제대로 깜빡이지 못하는 감독님 곁에서 나는 덩달아 식은땀을 흘리며 가스레인지 화력을 조절하고 있었다. 눈으로 볼 때는 그저 먹음직스럽게 끓고 있는 찌개였는데 감독님이 카메라 렌즈로 들여다보는 타이트한 찌개의 세상에선 화산폭발 재난다큐가 펼쳐지는 중이었다. 감독님이 부드러운 톤으로 주문했다.

"작가님, 가스 불을 조금만… 그러니까, 최소 맥시멈으로 부탁해요."

나는 "'최소 맥시멈'이 뭔 소리예요?" 하고 되묻고 싶었지만 짧지 않은 방송작가로서의 짬을 살려 눈치껏 행동했다. 나는 최소면서 맥시멈의 어디쯤, 말하자면 중불에 밸브를 맞추었다. 카메라 속의 찌개가 이상적으로 끓기 시작했다.

퇴근 후에도 오랫동안 '최소 맥시멈'의 불로 끓였던 찌개를 생각했다.

중불에 끓는 찌개보다 최소 맥시멈 불에 끓는 찌개가 훨씬 그럴듯해 보이는 건 왜일까. 세상 만물에 괜한 의미 부여를 잘하는 강이슬답게 찌개에도 거창한 의미를 부여하였다. 무려 인생을 대입한 것이다. 나는 노트에 이렇게 적었다.

내 인생은 끓고 있는 찌개. 센 불에 펄펄 끓여봐야 빨리 닳고 말라 짠 내만 풍길 것이고, 가장 약한 불로 끓인다면 네 맛도 내 맛도 아닌, 그리하여 시시한 인생이 되겠지. 그렇다고 중간 불로 끓이는 인생은 멋없으니까 '최소 맥시멈'의 불을 지피자.

친구에게 보여줬더니 아리송한 표정으로 천천히 고개를 끄덕였다. 이게 뭔 '최소 맥시멈'적인 이야기인지 모르겠다는 표정이었다. 그래도 친구는 "좋네."라고 말해주었다. 만족스러웠다. 결국은 적당히 살겠다는 소리인데 적당히 살아야겠다고 썼으면 분명히 한소리 할 열정적인 친구였다.

'최소 맥시멈'이라는 단어를 잘만 사용하면 앞으로 받을 스트레스의 몇십 그램 정도는 줄일 수 있을 것 같다는 예감이 들었다. 나는 앞으로 이런 상황에서 '최소 맥시멈'을 써먹어야겠다고 생각했다.

(달갑지 않은 상대가 만나자고 할 때) "미안해요. 만나고 싶은 마음은 진짜 최소 맥시멈인데, 일이 너무 바빠서….."

(남의 일을 떠맡은 언짢은 상황에서) "일단 최소 맥시멈으로 노력해볼게요."

(그저 그런 상사를 칭찬해야만 하는 분위기에서 쌍 엄지를 들어 보이며) "캬~ 선배님께 배울 점은 언제나 최소 맥시멈이죠!!"

번외로 최대 미니멈의 자세도 있다. 이는 정신승리에 유용하다.

(다이어트 중에 식욕을 절제하지 못했을 때) "흠, 먹으려던 양을 최대 미니멈 초과했군. 괜찮아."

(카드 값이 경악스러울 때) "이 정도 적자면 겨우 최대 미니멈이지."

심오한 두 단어를 건진 김에 자신에게 전하는 새해 덕담도 있어 보이게 꾸며보았다. 올해는 최대 미니멈의 강도로 일하면서 최소 맥시멈의 자유를 느끼고 최소 미니멈의 스트레스를 받으며 최대 맥시멈의 수입이 있기를.